The Advent
有人将至

朱文颖
著

江苏凤凰文艺出版社
JIANGSU PHOENIX LITERATURE AND
ART PUBLISHING

图书在版编目（CIP）数据

有人将至 / 朱文颖著. —南京：江苏凤凰文艺出版社，2021.5（2021.9 重印）
ISBN 978 - 7 - 5594 - 5758 - 5

Ⅰ. ①有… Ⅱ. ①朱… Ⅲ. ①中篇小说—小说集—中国—当代②短篇小说—小说集—中国—当代 Ⅳ. ①I247.7

中国版本图书馆 CIP 数据核字(2021)第 058649 号

有人将至

朱文颖　著

出 版 人　张在健
责任编辑　唐　婧　周　璇
责任印制　刘　巍
出版发行　江苏凤凰文艺出版社
　　　　　南京市中央路 165 号，邮编：210009
网　　址　http://www.jswenyi.com
印　　刷　苏州市越洋印刷有限公司
开　　本　889 毫米×1194 毫米 1/32
印　　张　9.375
字　　数　174 千字
版　　次　2021 年 5 月第 1 版
印　　次　2021 年 9 月第 2 次印刷
书　　号　ISBN 978 - 7 - 5594 - 5758 - 5
定　　价　55.00 元

以空间为方法

——朱文颖《有人将至》序

李敬泽

此书题为《有人将至》，“将”是山雨欲来风满楼，是悬而未决不确定，是将来而未来。但这不是我要说的，我要说的是，这同时呈现为空间位置的移动，“至”是由彼处到此处，那么，彼是何处此又是何处？

小说有各种读法。其中一种是，设法确定小说人物在空间中移动的位置、轨迹，这个位置和轨迹常常也正是小说作者的藏身之处。

位置很重要，定位很重要。在2020年或2021年，全人类都明确地意识到，位置的移动和确定不是小事是大事，不是现象是本质。

在“流调”中——这是流行病学调查的简称——一个人的位置移动会被清晰地勾勒出来：他住在哪儿，他上下班的路线是什么，他去哪一家便利店或超市，他在哪个餐厅聚餐或参加婚礼……这不仅是流行病学调查，这也具有社会学意义，这是一个人的世界地图，标示着他行动的地理空间，也是他的生活空间和社会空间。这个空间清晰地从外部界定了他，说明了他是谁，他的定位就是他的世界。人和人的同和通、不同和不通，大概首先就在于各自这张图的交错或隔绝。

现在，你也可以试着为任何一部小说，比如《有人将至》做一个“流调”，看看其中的人物都去过什么地方。这并不难，现在，我们手里有了一张图，我们看到那些人物在独自行动和相互交往中渐渐形成一个空间，但小说的空间很可能会比“流调”空间更为复杂，“流调”空间只在现实的、日常经验的维度上展开，而小说，谁知道呢？也许那些人物会出现在这个星球或那个星球，出现在小说家愿意让他们出现的任何地方。

所以，在这张图中，我们最终或许可以看出作者的位置。这位名叫朱文颖的女士，在编织这个空间时，她隐身于小说之外，但是，这个空间也会暴露她，我们会在这张图中为她定位，看出她是谁。

现在，我直接说出我的判断：朱文颖在这部书中的位置差不多是一个艺术家的位置。请注意，我说的是艺术家不是小说家，如果你对中国当代文学和当代艺术有比较深入的了解，你就知道艺术家和小说家差不多是两种动物，虽然他们常常被连在一起。

朱文颖的特殊之处在于，她是一个小说家，却像艺术家那样运思和书写。这话的意思差不多就相当于，一只猫像老虎一样想事或者反之。

也就是说，她不是一个“讲故事的人”，讲故事的人执着于时间，小说家通常是时间的信徒，但是，朱文颖所执着的是空间，实在迫不得已，她也会把时间问题转化为空间问题。在她的眼中，一切都是空间现象：并置、重叠、交错、卷曲、对比、反转、混杂、拼贴。生活、观念和情感都被空间化、结构化，呈现为一种装置，这种装置不是为了映照现实，而是安放在这本书里，与书外的现实构成种种意外的关系。

现在，你拿起这本书，你仿佛进入了一个当代艺术馆，进入一个空旷的展览空间。在这个时代，小说家们奔走在人流滚滚的街道上，焦虑于如何成为一个小说家，而朱文颖却在这里，想要证明，理解居室与街道之间浑浊的经验之流的可能的方式，恰恰是如炼金术士提炼出精密的、闪着冷光的晶体一样，这些晶体游移的、交叉闪烁的光或许反射着、隐喻着这个时代的某种精神之秘。

2021 年 2 月 9 日夜

2 月 18 日傍晚改定

目录

分夜钟

一天以后

1

院长问了女艺术家喻小丽七八个问题，然后便沉默了下来。

事情听起来简单却又离奇。就在昨天，这家精神病院同一科室的三位患者，在暴雨倾盆的黄昏时分，穿着雨衣打了雨伞,“乔装打扮”骗过保安，顺利出逃。

“她们……实在是太有想象力了……”院长显然是焦躁不安的，从屋子的这一头走到那一头，然后再走回来。

逃出去的三个人基本都属于轻度或中度癔症患者。所以说，除了医院职责范围内的疏忽大意，暂时不会造成过于严重的社会危害。

院长踱完步，坐回到黑色靠背椅那里。他冷冷地审视着当值的保安——那个精瘦精瘦的家伙吓坏了，一条腿站得笔直，另一条一半悬空着，正在轻微地发抖。

“她们……是三个人。”保安说。

“我知道她们是三个人!”院长狠狠地瞪了他一眼。

保安急剧地咳嗽了起来。过了十来秒钟的样子，才又接着往下说:“她们是从六……六楼下来的，其中一个穿着外套和雨衣，装成出院病人，另外两人一左一右搀扶着她，嘴里大声叫着‘家属！家属!’……对了，她们三人都穿着拖鞋。”

“明知道她们穿着拖鞋，你还放走了人!”随着院长愤怒地一拍桌子，保安吓得往后退了两步，整个身体蜷缩成了一只刺猬的样子。

精神病院位于城西一座湖心小岛。湖面如镜，波澜不惊，有一座木桥曲曲折折通向对岸。

岸边是野蛮生长的芦苇和水草，大风过处，飘摇如同疯狂缠绕的乱发。除了有几只灰黑色的野鸭偶尔在水草丛中冒一下头，湖面的这一带通常是平静的。运送应急物资和药品的船只每两天一班，清晨六点静悄悄地靠岸。

有意思的是那座通向对岸的木桥。平时悬浮于水面之上不多的空间，差不多在每天傍晚五点四十左右，湖水开始涨潮，二十分钟过后，桥面就慢慢淹没在一片汪洋之中了。

据保安回忆和后来调取监控录像推论，三位患者离开住院大楼的时间大约是傍晚五点十五分……也就是说，即便她们向着木桥方向一路狂奔，留给她们的时间仍然是非常紧张的。

更何况，那天的雨下得就像一个毫无顾忌的疯女人。

“她们有可能会被淹死的……真是疯了，连命都不要了。”院长长出一口气。

“你在说谁呢？”喻小丽突然追问一句。

院长愣在那里，没有回头，那个木然的背影就这样停了好几秒钟，仿佛正在凝结成冰的雨雪一般。

“说你妹妹，喻小红。她是领头的那个。”院长缓缓地答道。

2

上午去城里接女艺术家喻小丽的，是医院派去的一艘小船。

航程很短，船老大则像谍报人员，一声不吭。船至湖心时，喻小丽已经遥遥看到院长站在岸边。或许是一夜未眠的缘故，他显得面色苍白，心事重重。

“已经快有二十年没见你了……”在办公室，院长的眼睛久久纠缠在喻小丽身上，仿佛他正上上下下打量着的，是一件珍贵无比的瓷器。

“是呵，二十年了。”喻小丽似笑非笑地眯了眯眼睛，眼角额头和眉梢即时露出了几丝笑纹和鱼尾纹。

“但是你没变，真的，一点儿都没变。”院长舔了舔干裂上火的嘴唇，语气越发柔和了下来：“对了，这些年，你一直都在哪里？”

“我走了很多地方……”喻小丽慢慢沉浸到回忆中去，“每到一个地方我就写信、拍照，然后寄给喻小红。但是，她从来都不回复我。”喻小丽摇了摇头说，“没有人能勉强她做任何事，从来都没有。”

院长静静听着，一边听，一边喝着滚烫的浓茶。他手里拿着白瓷的茶杯，退后几步，靠在办公桌的桌沿上……又仿佛突然意识到什么危险似的，伸出另外一只手，死死撑住。

“但是——你从来没有给我写过信。这么多年，一封都没有。”院长的眼睛盯住喻小丽，又仿佛早已了然于心，很快垂下了眼睑。

“没有人能够勉强我。这一点，我和喻小红一模一样。”喻小丽放低声音，但是一字一顿非常清晰地回答道。

“是呵，很多年前，你就那样不顾一切地跑掉了。而现在，你妹妹，也是这样不顾一切地跑掉了。你们，真的就像一对孪生姐妹。”院长的声音听起来有一种无可奈何的缓慢和拖延。

“昨晚的雨……我是说，已经很久没看到这么大的雨了。”喻小丽看着窗外，喃喃自语着。

“是的。你是知道的，你妹妹，一到暴雨季节就会发疯。”

“我也一样。”喻小丽冷冷地说。

这时有人敲门，送进来一沓文件之类的东西。

院长签了字。然后那人离开。

又过了三五秒的时间，院长突然转过身去，打开一扇藏在书架后面的木门，门后赫然呈现一排橱柜，里面放着高高低低的玻璃酒杯。

“我们喝一杯吧？”院长拿起酒杯。喻小丽看到他的手在发抖，轻微地下意识地然而绝对无法控制地发抖……喻小丽盯着那只手，看了很久。

3

“你确认……你妹妹……”说到这里，院长停了一下——“我是说，喻小红，她昨天晚上从这里逃出去后，没有联系过你？”

“没有。”喻小丽坚决、怅然，几乎是闭着眼睛地回答道，“当然没有。”

院长往前走几步，在办公室的窗口驻足。从院长站着的这个位置，大约可以看到五分之四的医院院子，四周围绕着高墙，墙头连着铁丝网（然而就这样看起来，那些铁丝网并非匀称分布，而是有些部分密集，有些部分稀疏，高高低低，然而延绵不断）。墙外，目光所及处，可以看到再度恢复平静的湖面。正午的日头下，芦苇的顶部齐刷刷泛出白光，仿佛有什么东西手拉着手，正一起咧开嘴微笑似的。

那座连接对岸的木桥，则在更远些的地方，特别安静，对世界没有任何企图与奢求。

院长把喻小丽唤到窗前。

“你看那边。”院长抬起左手，指向下面院子的某一个角落。院子里有一群人正在跑步，还有几个停了下来，他们都穿着颜色和款式完全统一的白色病号服。

“你看到了吧，墙边那个六十多岁的老太太……”

喻小丽追随着院长的视线，然后点了点头。

“那个老太太一直坚信自己是个舞蹈家。当然，你可以看到她确实手臂纤细、双腿笔直，做几个舞蹈动作也是像模像样的；当然，坚信自己是舞蹈家也不是不可以，多多少少，我们每个人都曾经有过跳舞或者飞翔的梦想。然而这位老太太——”

院长说到这里，突然停顿了一下，仿佛很难克制并且还有点儿滑稽地挑了挑眉毛：“开始的时候，老太太在客厅里跳，后来，有一次，家里儿女不在的时候，她突然想方设法爬上了屋顶……”

喻小丽歪歪脑袋。现在，她已经把小半个身子靠在了窗台上。或许，这样的姿势可以让她的视野更为开阔些吧。

“还有那个人。”院长把手指向距离舞蹈老太太十来米远的地方，有一个瘦小蜡黄的矮个子男人正蹲坐在围墙下面。

“看到他了吧。我们都叫他大暑。因为他的生日在大暑。而他的脾气暴烈也像大暑。”仿佛为了配合大暑这个字眼，院长点燃了一根烟。他抽第一口烟的时候，不知为什么给人一种穷凶极恶的感觉。

“大暑其实没有什么问题。他只有唯一一个问题。他骂人，持续不断地骂人，充满了攻击的力量。他仿佛是老天专门派到这个世界上骂人的。”

从喻小丽的这个角度，确实可以看到那个瘦小蜡黄的男人，他的嘴不停地在动，张开，闭上，再张开，再闭上。

“当然了，”院长继续往下说，“弗洛伊德认为，攻击性是人类的两大动力之一，当人的生命力展开的时候，必然会有攻击性……”

“还有一个动力是什么？”喻小丽插话道。

“是性。”院长说。

4

下午一点多的时候，派出所来过两个人。

一胖一瘦两个警察。医院同样派了一艘小船去接他们。然后院长同样站在岸边，看着小船徐徐靠过来。他的手贴在两边的裤缝那里，身体微微倾斜，有一簇头发被风吹起，像业已解散并且正在风中打转的蓬乱鸟窝……所以说，无论从哪个角度看起来，船上走下来的两个人都是规整的，甚至他们发出的咳嗽声也是规整的，或许只是受了湖风邪湿之气的缘故。

院长和他们握手，神情有些卑微。

大约五个月前，同样这两个警察也在一个午后上岸来到医院。那一回的当值保安也是一副被吓坏的样子，“他……他真的把自己弄死了。”当值保安不断地重复着这句话，有几个瞬间甚至有点儿眼泪汪汪的。

胖警察看都没看他一眼，快步走在前面。

瘦的那位则和院长并排走着。两个人都在身后留下长长的歪歪斜斜的阴影。

“什么时候发现的?”瘦警察表情忧郁地问道。

“今天早上。”当值保安回答说，“但是，大约有整整半年的时间，他每天都在病房里说，他准备要去死。”

“你是说，他很早就宣布自己要自杀?”瘦警察皱了皱眉头。

“不知道……我真的不知道……他有很严重的躁郁症，但是医院里很多人都有严重的躁郁症，也有很多人每天都在病房里说，他们准备要去死……”当值保安把话说得断断续续的。

“你居然从来就没有想到过——有些人这样说了，是真的会去做的?!”

走在前面的胖警察突然转过身来，非常突兀地大叫一声，脸上的表情因为愤懑而变得扭曲起来。

自始至终，院长一直沉默着，只字未说。

而现在，我们可以看到一胖一瘦两个警察跟着院长走进了办公室。院长或者两个警察里的一个随手关上了办公室的门。所以很难确切看到里面发生的一切（也可能只是被树干和枝叶遮蔽的缘故）。但过程应该是明确而清晰的。院长叫来了昨晚当值的保安、负责楼层的护士以及管理护士的护士长。然后两个警察开始盘问，或者一个盘问，另一个记录。无论记录以及盘问也都将是明确而清晰的。至于主犯（喻小红）的姐姐喻小丽，更多的时候她将作为旁观者存在，当然，因为与失踪人有着直接的联系，她也免不了会被警察们观察（闪闪烁烁的眼光）与询问。

有些问题是千篇一律甚至明知故问的。

“你是喻小丽?”

喻小丽点了点头。

“你确认……你妹妹……我是说，喻小红，她昨天晚上从这里逃出去后，没有联系过你?”警察一边看着她，一边不由自主地眨着眼睛。

“没有。”

提问的警察沉默了一会儿，记录的那位则抬头望了望窗外的天色。他们两个人停顿的动作与延续的时间，有着因为长久以来配合而形成的默契，仿佛正在说：我们见得多了；也仿佛有着懒洋洋的暗示：我知道……我其实是知道的……

就像后来胖警察突然而似乎完全不经意地问了一句：“你妹妹是为什么疯的?”

“她并没有真的……发疯，她只是受了刺激。”

“是什么刺激?”警察转过头来。

“她的一个很好的朋友……死了，二十年前。”喻小丽说。

二十年前

1

院长姓浦。

二十年前的小浦二十二岁，是一所综合院校戏剧社团的社长。他几乎是同时认识她们的——二十岁的喻小丽和十八岁的喻小红。学校里风传，她们尚且年幼的时候，母亲突发心脏病去世，后来父亲又常年在外地工作……两个人一起长大，形影不离，样貌又相似，说是姐妹，有时确实更像孪生。

那年临近夏天的时候，剧团开始筹备一台节目。于是，暑期里的某一天，他去她们家做客。临走时，妹妹喻小红突然踮起脚尖拥抱了他。他有些不知所措地僵在那里。后来，她开始解释——

"那天早上我离家上学，母亲在窗边向我挥手……后来我就再也没有见过她。从那以后，就仿佛患上强迫症一样，每次出门，我都会向屋子里的每个人拥抱告别，即便只是去街对面取牛奶也是如此。"

二十年前的小浦有点儿恍然地点头，接着，又有点儿恍然地走向大门。

忽然看见小院角落里一双冷峻的眼睛。是姐姐喻小丽，她手里拿着写生板，正在描摹一株墙角的金色向日葵。

"你好。"她说。她笑的时候，很像向日葵背光的那一面。

接下来的那段时间，小浦经常去找喻小红和喻小丽。有时他见到喻小红，有时他则见到喻小丽，而更多的时候她们两个都在。

墙角的向日葵开得狂野而神秘。

当然，他是喜欢妹妹喻小红的，在他面前，她就像一只娇憨的猫咪，或者黏人的树懒。她向他倾诉，她害怕一切的无常以及分离。事实确实如此，这种如同露珠般闪亮的脆弱相当地撩人爱恋。然而，与此同时，这也让他产生某种黯然之感——仿佛，这所有的一切只是洒向空中的雨露，而他，无非只是与可知或者不可知的万物分享罢了。所以，他应该是更迷恋姐姐喻小丽的。她坚硬、偏执，甚至有些疯狂。她第一眼看向他的那种冷峻的眼神，于他来说……直到他和她有了恋人的种种亲热举动之后，依然是无法破解的谜团。

他会和她聊一些事情，比如，即将排演的剧目；又比如，她死去的母亲。

“母亲死了以后，我和喻小红更像一双孤儿。”喻小丽说。

“哦。”他稍稍有点儿惊讶。

“有时候我想，如果我和喻小红是龙凤胎……她会是女的，我则更像其中的男胎。她会是另一个我。”

“另一个你？”他吃了一惊。

“是的，说来也怪，从小到大，我们有很多事情都很像。非常奇怪的相似。比如说——”喻小丽停了下来，把脸凑到年轻小浦的面前——他几乎能听到她咝咝的鼻息声——这时，她继续往下说，一字一顿地:“比如说，我可以肯定，我妹妹喻小红，她一定也很喜欢你。”

他有些尴尬地笑了笑，又耸耸肩。

很快他扯开了话题。

“你妹妹说，自从你母亲走了以后，每次出门，她都会向屋里的每个人拥抱告别……”

“她是这样的。”喻小丽打断了他,“她，比较多愁善感。”

“但你不是……”

“所以，我刚才说，如果我和我妹妹是龙凤胎，她会是女的……我和她，在有些方面很像，非常像；而在另外一些方面则非常不像，甚至截然相反。”喻小丽如同巫女一般，把一段没有什么逻辑的话，断断续续地终于说完。

2

而就在这时，那个琴师很快登场了。

琴师约莫三十来岁的样子，或许还要更年轻些。他有着浑圆如同蛋壳的头型，头发是寸头与半寸头之间的长度。他穿的衬衣长长地盖过臀部，没有什么皱褶，更谈不上曲线，只是很安静地垂下来。像水，细灰色，比白糜烂，比黑颓废……

他显得很淡定的样子，对着剧团里的人微微欠身——

“你们好。我叫净空，是弹古琴的，家就住在庆元寺的旁边。”

庆元寺是座江南名寺，寺边有一片名叫莺湖的湖域。在一些比较特殊的日子，城里人有时会去那里求签。年轻的小浦就记得，有一次他在车上睡着了，醒来的时候，看见庆元寺外满眼的树，高到参天，并且可以合抱。

而现在，这位家住庆元寺旁边的净空琴师开始弹琴。他弹古琴，他待人处世的姿态就仿佛那些古琴曲的名字。他是淡的，顺着命运来的，流淌着。

有一件不可思议的事情很快发生了——喻小丽、喻小红同时疯狂地爱上了他。

没有人知道，那阵子的小浦究竟在想些什么。有人在学校小树林里看到过年轻而阴郁的小浦。他在那里散步，抽烟，有时似乎正安静地读书。只是他身边仿佛有个极其虚无的空间，这多少令他有些心烦意乱。

这段时间里，也有人曾经见到喻小丽和喻小红，她们在树林后面的池塘边大声吵架，然而最终又抱头痛哭了起来。

只有庆元寺的净空琴师，仍然穿着那件长长的灰色衬衣，背着他的那床古琴……后来人们回想起来，说他走路有点儿芭蕾舞步的感觉，稍稍踮起些脚尖，挺起的后背和脖颈把他和真实的外部世界轻轻隔离开。

这件事情的高潮和结尾都发生在隔年的一个春夜。派出所当时做了笔录。大致概要是：这一天，四人（小浦、琴师、喻小丽、喻小红）一起去庆元寺和莺湖踏青。到了晚上，突然暴雨倾盆，琴师净空不幸在莺湖边失足溺亡。喻小红则因为惊吓过度，在精神状态方面出现了极其严重的问题。

“什么也没有。” 他说

1

“二十年前……那个时候，你差不多十九岁吧？”院长老浦又打开了那扇藏在书架后面的木门，紧接着是一声沉闷而又突兀的开瓶盖的声响。

“不，你记错了。那年我二十，喻小红刚好十八。”喻小丽接过了院长递给她的红酒杯。

“哦。记忆这东西，总是……很奇怪，非常奇怪。”院长抬了抬手腕，把杯中之物一饮而尽。

下午，大约四点钟的光景，院长和喻小丽一起去湖边送别两位警察。

陆陆续续有消息返回，说是逃出去的三位患者中，已经有两个辗转回到了家里。然而，保安口中那个“戴着雨帽，笑的时候露出一整排雪白牙齿”的主犯喻小红却仍然杳无音信。

天色慢慢暗沉下来，到处是蓝一块灰一块的色调。然而边缘部分，却是暴雨过后或者黄昏将近时惊人的亮色。所以，如果从这个角度来讲，其实整个天空的颜色是并不那么和谐的：仿佛随时可能再次下雨，也仿佛很快就会堕入深黑的暗夜。

两个警察坐的小船渐去渐远。他们一个坐在船头，一个蹲在船尾，沉默着，并没有太多的交流。只是瘦警察会不时抬头望望天色……雨没有下下来，一时半会儿是不会再次下雨的，但到处又都在给人要下雨的感觉。因为风向的缘故，小船返回的时候显得缓慢而又颠簸。所以至少从视觉上来看，船上的两人显得孤零零的。孤零零，然而又吃力地抓住船舷，像风中的枯叶一样渐去渐远。

“喻小红不会有事的。她……只是需要那种不顾一切的感觉。”喻小丽喃喃自语。

“你的意思是——她确实从来没有发疯?”院长冷不丁地冒出这么一句。

片刻的沉默。

“就像你一样?”院长甚至轻声笑了起来。

“那么，到我那里，再去喝一杯?”喻小丽听到院长老浦这样说。

2

院长办公室。他们正在看一部短纪录片。喻小丽在影碟堆里随意挑了一张。而院长老浦一边看，一边不停地走动，不停地喝酒。

屏幕左上方跳出一行字：

> 1966年9月6日，南非总理和国民党领袖亨德里克·维沃尔德博士在议会被一个白人极端分子用刀刺死。

“是……1966年的‘南非刺杀总理案’?”喻小丽试探地轻声问道。

“对，这件事曾经轰动一时。”院长在喻小丽旁边坐了下来。

“刺客是个白人。”喻小丽盯着屏幕。

“不，那人其实是黑白混血儿。”院长纠正道。

“那么，不是因为种族隔离……”

院长张了张嘴，合上，又继续张开说话：“这个黑白混血儿在小时候就被判为白人。所以，他一直试图隐瞒一个真相：他父亲其实是黑人。后来，他又遇上了一大堆麻烦事，生病，因为身世没有国籍，爱上了一位黑人女子……你耐心看下去，这部短片的结尾很有意思。”

喻小丽点点头，安静了下来。

这时屏幕变成了黑白色，或许从头至尾其实一直是黑白色。经历了一阵快速的变动，跳跃，闪烁，以及尖叫声，终于一切归零，回到制作者与凶手之间的一段采访对话。

制作者名叫西奥皮斯。

“你为什么刺杀总理？是因为种族问题吗？”西奥皮斯问。

“是，但……又不是。”

“究竟因为什么？你的刺杀动机是什么？”西奥皮斯继续追问。

“因为，我有一个女朋友。我爱她，但是……在这个国家，我既不是白人，也不是黑人。我不能和她结婚——还有——”

“还有什么？”

“还有，当时我正在生病。讨厌的蛔虫。厌世，浑身不自在。”刺客有些不好意思地笑了笑：“后来，我冲了上去……”

“那个瞬间你在想什么？”西奥皮斯将前面四个字的发音拖得很长。

“什么都没想。一片空白。”刺客漠然却又真诚地回答道。

3

酒后的院长变得有点儿焦躁不安起来，就连说话的声调也稍稍提高了：“所以说，很多事情有着让人出乎意料的答案。答案或许只是精神创伤，甚至……甚至只是一些小小的蛔虫。是的，小小的蛔虫。”

院长像只没头苍蝇般在屋里来回踱步，并且很快又传来了一声沉闷而又突兀的开瓶盖的声响。

他站起来，又重新坐下。

“小丽……”他唤她，身体向她的方向倾斜过去。仿佛有什么东西回来了。他的眼睛凝视着她，晶亮有光。

她的脸沉浸在阴影里。有一种力量隐藏着，要把他推开。

“这么多年，我一直都无法忘记你。这是件多么奇怪的事情。即便你抛弃了我，爱上了别人，甚至怀上了别人的孩子……”

“孩子——什么孩子？”喻小丽皱了皱眉头。

“你和……净空的孩子。”院长仰起头，长长地吐了口气，一阵芬芳而又幽深的酒气骤然在房间里弥漫开来：“二十年前的那个夜晚，也是狂风连着暴雨，电闪雷鸣，我们四个人都喝醉了。我趁着酒意大哭着试图再次挽留你，而你只是面无表情地告诉我，你已经怀上了净空的孩子……”

阴影里的喻小丽寂然无声。

“那个孩子……”院长这时似乎感到了空虚，或者一股莫名的寒气。他仔细地端详着自己的双手，现在它们交叉在一起，蛇一般扭动着，“他，或者她，怎么样了？”

“没有那个孩子。”

“什么？”

“如果我告诉你，其实那个孩子根本就不存在；如果我告诉你，当年我对你撒谎，只是为了让你彻底死心离开我……你会不会恨我……”喻小丽的声音像天空中的滑翔伞，一点一点低下来，再低下来。

“你骗我……”像闷雷一样的声音。

“是的，但不是……”

“你为什么要骗我？”院长把几乎变形的脸伸到喻小丽面前，一字一顿地问道。

“我——”

“为什么？!”院长的语调变得咬牙切齿起来。

“因为净空……他是……那么好，”喻小丽有些胆怯地躲开了院长，她小心地选择着一种安全的语调，“你不知道，后来，那天晚上，他准备了一个字条，装在密封的袋子里，上面写了很多字。就在莺湖的岸边、水里，他举着那个字条给我看……虽然很不幸，那样的风雨交加中，他失足溺亡，最终没能从水里回到我的身边。但他是个痴情的人，从一开始我就知道。”

“哈哈！”院长这时突然出人意料地大笑了起来，“一个痴情的人……”他的脸上露出奇怪的光泽和红晕，恍若圣灵降临。他继续说：“你们这些无可救药的浪漫主义者，你，喻小丽；你的妹妹，喻小红；还有那个会弹好听曲子的琴师净空……你们就像天使一样地相爱着。你爱净空，你的妹妹也爱净空。净空死了，你们一个跑了，一个疯了……”

“是的，”喻小丽眼眶微微有点泛红，“这样的事情谁遇到了都会受不了，我妹妹一到暴雨天就会发疯，我也再不想回到伤心之地——莺湖，溺亡——”

“但是，那不是溺亡！”院长的眼睛放射出雪亮的光芒，“溺亡？以那种方式？那样懦弱的一个人——怎么可能？你们为什么从来没想过那不是真正的溺亡？为什么没想过我会发疯？没想过为了你，我可以脑子里一片空白地去杀人？为什么你们从来没想过真正的疯子其实是我！是我！你听到没有，是我！”

院长慢慢地蹲下身子，如同一团倔强有韧性的稀泥。他双手紧紧拥抱着自己的头，柔情抚摸，如此爱怜而又呵护，如此不舍而又悲悯：“二十年了，我一直躲在这里。因为我才是真正的疯子。”

“你——走吧。”院长朝喻小丽的方向挥了挥手。

4

那天晚上，喻小丽坐船逃离小岛的时候，整个湖面出奇的平静。船至湖心，她却突然听到四周响起了钟声。

“你听到什么了吗？”她问正在摇橹的船夫。

“什么？”他漠然地看向她，“什么也没有呵。”他说。

2020 年 1 月 16 日一稿　姑苏

备注：

欧阳公《诗话》讥唐人“夜半钟声到客船”之句，云：“半夜非钟鸣时。或云人死鸣无常钟；疑诗人偶闻此耳。”予尝过姑苏，宿一寺，夜半闻钟。因问寺僧，皆曰：“分夜钟。何足怪乎？”寻闻他寺，皆然。始知“半夜钟”，唯姑苏有之，诗人信不谬也。

平行世界

1

在学校上艺术理论课时，我经常开小差，甚至打瞌睡。艺术理论是乏味的，而老师们又常常会把它们讲述得更加乏味。只是有一天，半梦半醒之时，我听到艺术理论课老师忽高忽低的声音里，冒出了这样一句："艺术和艺术家内心的秘密有着非常紧密的关系。如果没有秘密，也就没有艺术了。"

就如同一条好几天没有进食的狗，突然闻见食物的香气，我一下子来精神了。

秘密。我都有些什么样的秘密呢？或许，这可以算作一个——一直以来，我和父母的关系都不是很亲近。我感觉他们其实想要个女孩，而生下我，只是一种难以改变的错误……

还有，童年时期那持续了整整一年，后来又突然神秘消失的口吃，是否昭示了敏感而知耻的天性？而少年时脸颊额头野蛮生长的青春痘，是否又接着把内心的隐秘改变成了标语和口号？

所有的秘密最终都会物化而成形象吗，或者声音？艺术究竟是要说出秘密，还是让秘密成为一个更深的秘密……这些都是长久以来困扰我的问题。而在现实生活中，从上学年开始，我已经有一段时间没联系父母了，我和他们的关系变得愈发疏离而对抗。其中最主要而直接的原因，是他们希望我毕业以后回到家乡县城工作，成家立业、生儿育女，甚至安度晚年，而这显然并不是我想要的生活。

“这好像意味着——我一生下来——就已经看到了死亡?”我记得，这是我在电话里向他们大喊大叫的最后一句。

违背父母的意志是要付出代价的。所以每逢假期，我经常得打工维持自己的生存。我并不觉得这有什么不好，因为这至少是我自由的选择。就如同有能力保有内心秘密一样，这件事充满了隐秘的力量和快感。

2

我猜测，被蓝猫酒吧老板录用的原因之一，是我看上去少言寡语，不属于惹是生非的那类人物。酒吧是一种可以让秘密容身的地方。酒让人变得透明，而到了第二天，酒劲过后，人们通常又会后悔于这种透明。

“你要是看到什么、听到什么，就当作什么也没看到、什么也没听到好了。”老板非常认真地关照我。

蓝猫酒吧位于城里的开发区，周末或者旅游季节，很多人会来这里。仅仅是肤色相近的人群中，如何准确辨别出中国人、印度人、韩国人、越南人、缅甸人、马来西亚人、菲律宾人……都是存在难度的。在最热闹的季节和时辰，各色人等汇集在那里。人影幢幢，不由让人联想到一些老电影的片段——比如《007》里的旧日时光：花花公子们抽烟、喝酒，与好裁缝搞好关系，而不是去健身房。

还有些时候，一整个下午，酒吧里人迹罕至。只有头顶那几只老式吊顶风扇，它们发出令人昏昏欲睡的声响，仿佛整个世界正在悄悄凝固……但与此同时，又给人一种随时可能挣脱羁绊、加速俯冲的错觉。

酒吧前身是一间废弃的旧仓库。陡直的楼梯通向二楼露台。建筑的细节部分，还存在不少过去岁月的痕迹。比如说，有些地方裸露出原始的砖墙；又比如说，天花板那里交织分布着原木和钢铁。

上班第一天，老板带着我上上下下走了一圈。

“最后关门的时候，别忘了检查露台。”

他站在开阔的、放了遮阳伞和桌椅的露台中央，朝着天空伸展开手臂，打了一个长长的哈欠。

“你会喜欢这里的。”他的身体慢慢向我倾斜过来，“很多有趣的人……对了，讲个秘密给你听吧，这里面，或许还藏着个把杀人犯呢！”

3

谁会是蓝猫酒吧里那个可能存在的杀人犯呢？我认为这应该是老板的一个噱头。只有会耍噱头的人才能成为老板，其他则沦落为忧郁的艺术家和落魄的酒鬼。

上班几天以后，我就知道蓝猫酒吧有三个酒鬼。他们分别是保罗、田敏和秋生。

美国人保罗是那里的常客。他的中文名字叫简重山。保罗见到陌生人，介绍自己，总会仔细而反复地强调一个细节："这里的重，是读第二声 chong，而不是第四声：zhong。"

为了解释清楚，他通常会从衣服口袋里拿出一张小纸条，上面写着"简重山"三个汉字。而旁边的空白处，则用中国水墨的笔法，画出山峦跌宕，一叶轻舟……保罗手里举着那张字条，再次放慢语速解释一遍："也就是轻舟已过万重山的那个重。"

第一次见到保罗，除了不厌其烦地给我普及了四声发音，他还饶有兴致地和我聊了几句。

"你是新来的？"他问。

我点点头。

他要了杯半升的黄啤。然后上下打量我一番。

“你是学生？”他扬了扬眉毛。

我又点点头。

“学什么专业呢？”他接着问。

“艺术。”我回答。

他思忖片刻：“那么，你看过美国画家马克·罗斯科的画吗？”

那些令人昏昏沉沉的艺术理论课，纵横交错的人名、概念，它们在我头脑里飞速闪过——“马克·罗斯科，抽象派运动早期领袖之一。作品常见巨大的彩色方块，配以朦胧柔和的边缘，简洁单纯地悬浮在画布上，不清晰的交界处隐隐地藏住很多耐人寻味的东西。以此唤起人类潜藏的热情、恐惧、悲哀以及对永恒和神秘的追求……”

我很诚实地回答：“我没有机会看他的原作。”

“那就是说，你只知道关于他的概念。”保罗说话一字一顿，有点滑稽，但也有点庄严。

我说是的。确实如此。

“那么，你知道——他最后是自杀的吗？没有大声呼喊，就像——就像轻舟已过万重山？”

那天保罗一共问我要了五杯半升的黄啤。付完账临走的时候，他朝我眨眨眼睛，做了个鬼脸：“我认识你们老板，生意不好的时候，他会偷偷关掉空调，还有——我敢保证，这杯啤酒里掺过水。”

4

几乎每天，当月亮升到屋檐的第二个尖角那儿，蓝猫酒吧的另外两个常客——田敏和秋生就会约着喝上两杯。

一般来说，两人风平浪静、幽默揶揄的闲聊会持续一个多小时，然后，田敏的声音高起来。秋生回应，慢吞吞地，然而语气坚定。调酒师甩头摆出一个很酷的动作。他是司空见惯了，这样的事情每天在眼皮底下发生。田敏不断地喝啤酒，脖子上的青筋暴出来。秋生则像潮水一样，渐渐柔软下来，慢慢退去。

据说田敏是当地人，而秋生则是所谓的新苏州人——传说他在北京的圆明园画家村待过一段时间，后来去了宋庄、三里屯，再后来他消失了一段时间。直到最终出现在蓝猫酒吧。曾经有一位来自南印度的中年人，他指着秋生眉心那一道暗青色的伤疤，大惊失色道："在印度，这是神迹呵！"

秋生从没去过印度，所以他有点尴尬地笑笑。

田敏也没去过印度，而且他不管秋生眉心有没有神迹，继续跟他大声嚷嚷："我们年轻的时候，艺术是一条孤独的路，没有艺廊，没有收藏家，没有评论家，也没有钱。但那却是一个黄金时期！"

秋生不断点头:“是的，那确实是黄金时期。”

“因为我们都一无所有，反而能肆无忌惮地追求理想——是不是这样？是不是这样?”田敏显得有点激动。

秋生表示同意。

“而现在呢?”田敏又从我手里接过一杯啤酒。他和秋生一样，只喝最便宜的国产啤酒。“现在什么都有了，有艺廊，有收藏家，有评论家，但是，你能告诉我，真正的艺术在哪里吗?”

秋生也从我手里接过一杯啤酒。他摇了摇头，非常真诚地回答田敏说:“非常遗憾，我也不知道真正的艺术在哪里。”

两个人你来我往，大致就是这样一个过程。然后秋生先离开，总是这样。他穿上外套，冬天的时候还裹好围巾，戴上帽子，只有眼睛露出一种打扰了这个世界，却实在是极其无辜的表情。他向另外几个朋友打招呼，向调酒师打招呼，向我打招呼……向仍然坐着喝酒的田敏打招呼。

田敏经常喝醉，好几次他都喝得趴在桌子上睡着了。

后来慢慢地，店里没客人了。

等到关门的时候，老板就把他拎了出去。

5

有一次，我下班忘了东西在店里，一大早折返回去。发现田敏还坐在门口的一张椅子上发呆。

“你一晚上都没回家吗?”我有点惊讶。

田敏的头发乱蓬蓬的,脸色也不太好,然而神色却相当平静。

“昨晚喝多了,坐在这里想点事。”他耸耸肩膀,回答我说:“半夜的时候,这里有凉风。”

我约田敏去街角一家面店吃头汤面。

“身上带的钱昨晚都买酒了,面钱得你付。”田敏说。

“没问题。”不知道为什么,我觉得田敏一下子变得亲切起来。

或许是为了自我解嘲,吃面的时候田敏半开玩笑半认真地说了这么一句:“我和秋生这种艺术家嘛,常常会在吃头汤面的时候付不出面钱。”说完以后,田敏再次哈哈大笑。

我也陪着他笑。

“你有女朋友了吗?”田敏突然转头问我。

“……有过一个,去年分手了。”我回答得很诚实。

“男人和男人相处会很简单,我们彼此分享秘密。男人和女人就不一样了,男人很难和女人分享秘密。”

我认真听着。

“等你长大了自然会明白。”田敏看了我一眼,又低头吃起面来。很快,他喝完了碗里最后一口面汤,擦了擦嘴:“那个美国人保罗,你有印象吧?”

“是经常喝醉的那个保罗吗？”我问。

田敏点点头：“他参加过越战，据说还杀过人。”

“真的假的？”我心里一惊。

“当然是真的。”

“是他自己说的吗？”话刚出口，我立刻感到了自己的愚蠢。

“谁愿意谈论自己以前杀过人这种事。”田敏点起一根烟，神情突然变得疏离和倨傲起来。

是呵。我想了想。小时候，甚至成年以后我都经常做梦。梦里我杀了人，然后有一个很响亮很吓人的声音，在我身边或者从我心里冒出来：你再也不会和以前一样了；从此以后，你是一个完全不一样的人了。这个声音循环往复，有时候把我从梦里直接拽回现实世界。还有些时候，我则再次陷入追杀、被杀以及杀人的过程当中……直至满头大汗地从噩梦中彻底醒来。

那天，后来，田敏不知从哪里翻出了零钱，结果非但付了他的那份，还把我的面钱也一并付掉了。而在接下来的几乎整整一天时间里，有一个问题，一直在我脑子里不由自主地闪烁着、跳跃着：

保罗——他真的杀过人吗？

6

店里没什么人的时候，我会随手翻翻书或者涂抹几笔素描。

在我的笔下，田敏微胖而圆润，是个脾气有些暴躁、但仍不失风趣可爱的落魄画家。秋生则长着深沉的鹰钩鼻，满脸严肃，眉宇微蹙。

“狂热的理性主义者！一个狂热的理性主义者！”

这是田敏在背后对秋生的评价。田敏的倾诉和他这个人一样，真挚而又略显滑稽：“我不能理解，一个人为什么总能那样不温不火，仿佛世界上所有的人都是好的……难道这个世界上确实都是好人吗？真的是这样吗？”

他瞪大了已有醉意的眼睛，热情而急切地望向我：“有时候我真想伸出拳头，看看秋生的脸和思想会不会改变形状。”

田敏从来都没有真的向秋生挥舞过拳头，而秋生的脸和思想也几乎不曾有过一丝一毫的改变。反而是美国人保罗——

在我的记忆里，保罗的脸一直是模糊的。也可以换一种表达方式，在很长一段时间，保罗的脸显得过于轮廓清晰而毫无特色。就如同他百说不厌的那句“轻舟已过万重山”——已经没有任何再次辨别以及阐释的意义。

然而，那天早晨，当田敏口齿清晰但表情神秘地告诉我

"保罗杀过人"以后，再次在蓝猫酒吧见到他，仿佛真的有什么东西变得不再那么明确，并且轻轻晃动了起来。

那是一个电闪雷鸣的雨夜。蓝猫酒吧里流淌着迷幻伤感的蓝调，就如同汪洋大海里漂浮的一只小船。

保罗突然湿淋淋地出现在我面前。

他饥渴地从我手里抓过啤酒杯，接着又兴奋地告诉我，他刚从南方一个热带小岛回来。有一天下海，游远了，在小岛旁边又意外发现了另一个小岛。美丽又荒凉……当在海里游泳，远远望见那片陌生沙滩时，他以为是个荒岛；而后来，顺着海浪的方向和借助双臂的力量，越来越接近小岛，双脚触到细软如水的沙滩时，他看到了树林，树林里走来欢声笑语的人，岛上甚至还有疾驰而过的老旧摩托……

其实保罗在叙述的时候远没有这么细致丰满。我的英文是有限的。而保罗的中文比我的英文更加有限。很多时候，我和保罗使用最简单的提问句以及最本质的回答来进行沟通。但是，当他讲到那个小岛的时候，他的语言流动跳跃了起来。有一些部分还变成了气雾。或者说，在我的演绎下，成了我想象中的气雾。

"后来呢?"我问保罗。

后来——保罗说，那天很晚了，太阳快落下去了，他和几个当地人在浅滩上踢足球。海浪从很远的地方一波一波涌过来。就像滚滚浓烟一样延绵不尽。而白色的浪花最终与白色的沙粒融为一体……场面非常魔幻。

后来——保罗还说，那里现在正是雨季。一个月里大部分时间都在下雨。他说他也弄不明白，他喜欢而难忘的为什么都是些雨季很长的地方。那些地方闷热潮湿，滴滴答答地下雨，空气里都能拧出水来。

再后来，当保罗又喝到第五杯半升黄啤，他的叙述和语言终于再次回到了现实世界。

“你是个很有天分的孩子，”他向我用力点了一下头：“你应该多出去走走，看看外面的世界。我像你这么大的时候……”说到这里，他突然停了下来，仿佛，向很远很远的地方久久眺望了一下。

“像我这么大的时候，你在干什么呢？”我顺着他的话题，随口一问。

他过了大约三四秒的时间才回答我。

“那个时候，我在越南。”保罗说。

7

田敏以前告诉过我，保罗今年六十多岁了。按照我的年龄倒推一下，保罗说他在越南的时间，确实正是越战接近尾声的那段时间。

关于这场战争，我基本只是在学校影视课上得以了解个大概。印象最深的是那部《猎鹿人》和里面出现过两次的俄罗斯轮盘赌。

俄罗斯轮盘赌的规则很简单，在左轮手枪的六个弹槽中放入一颗或者多颗子弹，任意旋转转轮之后，关上转轮。游戏的参与者轮流把手枪对着自己的头，扣动扳机；中枪爆头自动退出，怯场也为输。坚持到最后的就是胜者。而旁观的赌博者，则对参加者的性命压赌注。

电影里第一场赌局发生在战俘营，北越军人在左轮手枪里装子弹，然后命令被俘美军轮流朝自己头上开枪；第二场则在南越政府所在地西贡。这一次，往左轮手枪里装子弹的，是曾经的被俘美国士兵尼克。从战俘营逃脱后，他被这种游戏吸引，留在越南以此谋生，如同染上致命的毒瘾……

“你看过《猎鹿人》没有？”又一次，我和田敏一起吃头汤面的时候，我问他。

“没有。”田敏头也不抬，声音很响地吃面。

“到底是谁告诉你——保罗在越南杀过人？”我的好奇心又悄悄溜出来了。

“没有人告诉我。大家都知道。”

“这……难道不是秘密吗？”我困惑地继续提问。

“有些秘密本身就不是秘密。”田敏非常缓慢笃定地吃完剩余的汤面，还顺便瞥了我一眼。

那天的面钱是我付的。田敏确实身无分文了。就像他莫名其妙的回答一样：莫名其妙，却又坦荡无比。

8

而接下来这个晚上发生的事，则完全是一场意外。

事情还要再往前说一说。

蓝猫酒吧的老板既然选了这么一个文艺而工业风的场址，必然也是有那么点文艺情怀的。我才上班的那几天，他就在那里嘀咕着，要在二楼露台办一场前卫的投影摄影展。而被选中的这位摄影家竟然如此具有世俗的声名，却是我偶然之间发现的。

那又是一个被老板拎出去后的隔天黄昏，田敏很早就来店里了。大约过了十来分钟，秋生也来了。隔天两人为了某个艺术观念大吵一架，彼此打招呼时脸上都还没缓过劲来。

突然，田敏在吧台角落里发现了一张摄影展的活动海报。他的眼睛亮了一下。

“我知道他！”田敏兴奋地说：“易都！很有名的摄影家！”

秋生在旁边把脑袋凑过来，仔细地看了一下那张海报。他的眼睛也亮了一下。

“真的是那个摄影家易都吗？你们真的请到了他？”两个人七嘴八舌地问我，满脸泛出红光。

在得到了我肯定的回答后，他俩各自点了些吃的，田敏抱着酒，秋生则小心翼翼地拿着那张海报，两个人带着两张发光的脸孔，坐到一边认真聊天去了。

那晚田敏和秋生出人意料地没有发生任何争执，甚至看上去颇为温柔体贴、相亲相爱于对方细微的感受。那张有形的海报以及仍然处于想象状态的摄影展，仿佛再次把他们拉回到艺术的黄金时代。

“我喜欢易都的《苏城纪》系列，他的表达太独特了。”秋生笑眯眯地说。

“他的《低俗小说》《万物生长》……多么生猛！但又多么孤独！”田敏一阵激动，急促地咳嗽了起来。

后来店里人渐渐多起来。忙乱之中，我的余光扫到有两个人影手拉手、摇摇晃晃地出门去了。我眨眨眼睛，仔细再看。没错，确实是田敏和秋生。

他们是如此欢乐而忘我，以至于如此自然地忘记了买单。按照那晚的状态来看，我认为他们一定不是有意的。

在我的记忆里，只有这一次，田敏和秋生的表现是如此惊人一致。而这种一致，是建立在一位即将在蓝猫酒吧二楼露台举办摄影展的摄影家身上的。

他叫易都。非常有名。

在露台摄影展开展的前一周，我们就陆陆续续地忙碌起来。

按照老板的意愿，露台上的桌椅需要重新排列顺序。

“排成什么样子?”我问他。

“要乱。要压抑。要充满障碍。”他的回答很简单。

“为什么?”我有点惊讶。

“为什么? 你爱过人吗? 你失恋过吗?”老板意味深长地瞥我一眼，扬长而去。

我呆呆地站着，并且久久回味老板刚才说的那番话。

在学校的艺术赏析课上，老师给我们看过德国舞蹈家皮娜·鲍什的《穆勒咖啡屋》录像。观赏完毕，老师是这样解释的:“毫无疑问，咖啡馆就是世界的缩影。里面放满了碍手碍脚的桌椅——杂乱的桌椅就是形形色色的人。它们让你不能自如舒展，感觉局促、拘束……孤独……穿白裙的女人在精神世界的惶惑以及与自己的纠缠中摔倒，又挣扎着起来，疲惫不堪。直到她鬼使神差地遇到了一个男人，紧紧拥抱在一起。那一瞬间，观众就知道了，这就是爱啊……”

我至今还记得老师突然欢快清亮起来的语调和声音:“……这就是爱啊!”

如果蓝猫酒吧的老板没有半途折返回来，接着说出下面这些话，我甚至会以为他可能是那堂课藏在玻璃窗后面的窃听者。

但老板是这么说的："只有局促了，压抑了，才会感觉燥热。你明白吗？"

我冲着他点头。事实上，人体的感受也确实如此。

"燥热了才会多买冰啤酒。现在你彻底明白了吧。"他仿佛突然感觉得意了起来，嘴角咧开，非常灿烂地笑了。

理清了桌椅和酒的头绪，我们接着又讨论了一下露台光线的问题。

除了投影仪，那天的露台是否还需要环境用光？

因为有了桌椅安排的顺利演绎，在光线这个问题上，老板比较谦虚而认真地听取了我的意见。

我说，在课堂上老师讲过一个有名的光色实验。把红黄蓝三色调在一起，变成一种脏兮兮的黑色；而红黄蓝三种光一起，则变成白色，或者浅灰色的发亮的光……我说，做这个实验，老师其实是想告诉我们一个关于艺术的道理——

"什么道理？"老板扬了扬头。

"所谓艺术，就是只问你一个简单的问题：你的本质里是否有那道光？"

"行了行了，我知道了。"老板干脆利落（也可以理解为有些不耐烦）地摆了摆手，"那天不用装饰光，全部自然光。"

9

我们谁都没有想到，没有等到展览开幕，就在展览的前一晚，我、田敏、秋生，还有保罗，我们四个人阴差阳错地被锁在了二楼露台，而且几乎是整整一个晚上。

本来是很简单的事情。

已经快准备关门了，店里的客人基本走尽，老板把钥匙留给了我:“今天你锁门。”

田敏和秋生正热切聊天，谈论着明天见到易都后最想请教探讨的艺术话题；保罗则坐在吧台一侧发呆……

我叫上他们三个帮忙，把两盆巨大的绿植搬到二楼露台。一来等待清晨的露水；二来为明晚的光影增添微妙的层次。一切安顿完毕，正想收拾了下楼离开，突然一阵妖风刮来，露台通往底楼的门砰的一声锁上了——那是一扇只能从外面打开的门——平时为了以防万一，我都是带着钥匙上来。但那一晚，什么都留在楼下了：钥匙、手机……一楼已经空无一人。而夜空下的露台，也只剩下唯一的我们：

微醺的田敏和秋生，介于微醺和深醉之间的保罗，还有束手无策的我。

我们很快就接受了现实。

夜已深。露台上微风阵阵。天空中繁星闪闪。

保罗首先躺了下来。

接下来是田敏和秋生。

“你看到了吧。”或许是因为躺着，田敏的声音有点微弱，并且气喘吁吁。

“看到了什么?”秋生把两只手枕在脑后，看起来颇为惬意的样子。

“天上的星——星”。田敏拉长了语调。

“看到了呀。”秋生说，并且慢慢闭上了眼睛。

“前几天我读到一篇文章，说《山海经》里的那些动物、植物、山脉其实都是存在过的。《山海经》讲的是平行世界里发生的事情。”不知为什么，田敏长叹一声。

“是的，我也看到了一篇文章。”秋生接得很快，“但不知道和你说的是不是同一篇。”

田敏换了个姿势，让自己躺得更加舒服一点。

“我来举个例子吧。”他说:“如果真的存在平行世界，现在就有同样的四个人，他们因为刮风之类的意外情况，被锁在了一栋建筑的二楼露台上。但那四个人并不是我们，而是生活在另一个有着云雾缭绕的高山、一望无际的原野、喧嚣嘈杂的城市，和其他七颗行星一同围绕一颗恒星旋转，并且也叫做‘地球’的行星上——而且，我们对应的每一个人，他一生的经历和我们的，每分每秒都相同。”

“什么？也叫地球？也就是说，有两个地球？”秋生坐了起来，一只手撑着下巴。

“是的。最新的宇宙模型已经研究出了，离我们大约 $10^{10^{28}}$ 米外的地方存在一个和我们的银河一模一样的星系，而那其中有一模一样的我们。”

田敏显然不太清楚“$10^{10^{28}}$”的读音，他捡了个小石块，在地上画了出来。

“这真是太诡异了。不可思议。”秋生连连叹息。

“是的，确实很诡异。还有更诡异的事情。”田敏也坐了起来，两只手都撑着下巴。他看了一眼旁边的秋生和我，又看了一眼仍然躺在地上（可能睡着了）的保罗，继续往下说：“那篇文章的结尾处还有这样一个观点：当你仰望星空的时候，你头顶所有能看到以及不能看到的行星都处于某种叫做‘均衡’的状态中，所以我们不需要担心被星星意外击中。说来也怪，以前我不知道这种假设的均衡，从来不担心头顶的星星会掉下来，但自从知道以后，心里反而很不安。真的，不信的话，你们试试看。”

秋生半信半疑地躺了下来，瞪大眼睛望着星空。过了一会儿，他开始慢慢说话了：“是的。是有这种感觉。很不安。非常不安。”

后来我也躺了下来。

很长一段时间过去了，从头至尾，我一句话都没有说。

10

后来，是谁想出了那个主意？是我吗？田敏？或者秋生？反正不会是保罗。保罗可能是真的睡着了。而我们三个则移到了那堆搬放得乱七八糟、碍手碍脚的桌椅面前。田敏竟然还从哪个角落里翻出了一箱啤酒。

一瓶啤酒喝下去，田敏变得更加活跃了。

“让我们来聊点有趣的事吧。”田敏说。

“什么有趣的事？喝酒吗？”秋生也喜笑颜开。

“我们来聊聊秘密吧……”

“秘密？”我和秋生都竖起了耳朵。

“是的。谁先说？你生命里最隐秘的……秘密……是什么？”

我和秋生沉默了一会儿，又彼此推让起来。

“田敏，还是你先说吧。”秋生非常难得地提出了自己的想法，特别是在田敏面前。

“好的。”田敏露出了婴儿般纯净的笑容：“我的秘密其实很简单——我想成为像易都那样的艺术家。”

“为什么？”我脱口而出，而秋生仿佛若有所思。

“因为他成功，有钱，可以自由地追求艺术。”田敏回答得铿锵有力。

“但是——”很多很多关于田敏的留存在回忆中的碎片，就像天空中失去“均衡”的行星般向我袭来。

“没有但是。这就是我的秘密，或者说愿望。”田敏的声音变得冷静下来，让我相信他说的确实是真话。

“是的。这其实也是我的秘密，或者说愿望。”秋生似乎有点害羞，很小声地补充了一句。

“你呢？”他们两个同时面向了我。

“我？”

“是的。你。”

皮娜！皮娜！皮娜！

有一个响亮的声音在我四周回荡起来。

皮娜！皮娜！皮娜！

我无比讶异地四处回望。

什么也没有。

但是那个声音仍然在延续。接下来，是皮娜著名的舞蹈《穆勒咖啡屋》里的片段，更多的天空中失衡的碎片、行星、恒星像雨点一样地向我砸来——那种复杂、斑驳，那种暧昧和绝望，那些伸出来的手臂、被捆绑的身体……两个人的拥抱，被拆开，掉落又拥抱，一遍又一遍的抗拒与服从，那些暴力和无声的呼喊。呼喊一些匮乏已久的东西。比如说，比如说，那句我对父母和前女友都呼喊过无数次的话（我真的呼喊过吗）——

“只要你爱我。”

然而，我仍然什么都没有说。

11

再接下来发生的事，就愈加混乱了。以至于我第二天都很难回忆起来，究竟哪些是现实，哪些是梦境，还有哪些则是我醉后的断片（第二天才发现，那箱啤酒全被我们几个喝完了）。

首先是保罗。第二天老板开门后，露台上只有田敏、秋生和我三个人。我们全都喝醉了，在露台上睡了一夜。而保罗……不见了。

与保罗不见了同时发生的，是楼下的白墙上画满了大片浅蓝深蓝、浅紫深紫的色块。老板气得脸都发白了。他在店堂里大叫大喊:“你们告诉我，这是怎么回事！是昨天晚上莫奈回来画的吗?”

还别说，那梦幻般的笔触真有些像莫奈晚年的睡莲。但是——那狂乱、斑驳、纠缠的线条和氛围，分明又让我联想起另外一幅画面，那是另一部我看过的关于越战的电影。还是保罗昨晚的梦呓。或者是田敏、秋生的窃窃私语？——

大雨中泥泞的越南村庄，到处都是水塘；一个持枪的背对着我们的美国士兵，还有一个躺在地上、刚刚还微笑着、被人误杀的越南小男孩。

最后，超越这一切零乱纠结的，是发生在昨晚的一个细节。只有这个细节，雕刻刀一般犀利，闪电一般透彻，深深地印入了我的记忆。

我记得，我突然走向了躺在地上的保罗。他或许仍然睡着，或许早就醒了。我走向他。不知道是什么样的魔鬼突然占据了我的头脑。我直直地站在保罗面前。我用英语对保罗说了。我盯着他的眼睛，用英语说了两遍。

Russian roulette（俄罗斯轮盘赌）

Russian roulette

12

那天晚上是我最后一次见到保罗。

宝贝儿

一

这是城里非常普通的一个三口之家。男女主人都是公司职工，或者一个是职工，另一个是文员。他们的经济状况，并不比其他的工薪家庭更好，但也绝对不会更坏。总之没有什么太大的差别。多年的婚姻生活，更使得他们的面容有了一种微妙的相似。这个家庭唯一的特别之处，其实根本就不能算特别，这夫妇当中有一个是潜在的理想主义者——更可能是那个女的，即便从名字上看来也应该是——她叫上官雨燕，长着一双风情而不安分的吊梢眼。今年的五月，她过三十九岁生日，在家庭晚餐上喝醉了酒，疯闹了一会儿。对此她的丈夫显得略微有点不高兴。他很爱他的妻子，但她身体里的某一个部分是他永远无法了解的。一想到这件事他就感到烦恼。

这位时常烦恼着的男人姓贝。单位同事叫他老贝，也有人叫他贝先生。大部分人还是叫他老贝。而上官雨燕老琢磨不清该怎么称呼他，在家里通常他们以语气词相称。

贝先生相貌忠厚，微黄的皮肤里透着点红，但基本也是健康的肤色。贝先生在家里也穿着白天上班的衣服——深灰色的裤子熨烫得相当得体，白衬衫的面料是混纺的——遮盖着底下微微发福的肚子。

他们的男孩子小贝已经十五岁了。除了长在男孩脸上略显妩媚的吊梢眼，他的身体器官找不到更多与父母的相似之处。他那尚未完全成形的精神世界更是奇怪。前几年的一个下雪天，小贝把家里养的绿毛红嘴鹦鹉扔进了放满冷水的浴缸。可怜的小鸟，给打捞起来以后，先是浑身哆嗦，后来又学着人的样子打了十几个喷嚏。这事情一开始只是被当作小小的笑料，但过了一段时间，夫妇两个发现鹦鹉又开始打喷嚏。这还不算，只要小贝那双臭烘烘的白球鞋一踏进屋子，鹦鹉就开始浑身抖个不停，连说话的事也全忘了。

贝先生非常生气。

每天晚饭过后，夫妇两个都要在巷子里散一会儿步。这个城市正在经历着一种巨大的变化。巷子另一头的房子已经拆了一大片。这一两年里，他们散步的路线也随着更改了好几次。有些时候，兴之所起，他们也会聊聊这座城市，这条巷子，聊聊上个礼拜单位体检的各项指标，晚饭的菜太咸了，而贝先生的小肚腩最近又很有继续膨胀的趋势……当然，就像所有将要或者已经步入中年的夫妻，他们聊得最多的还是自己的孩子。

“这孩子，你说他成天都在想些什么？”这是上官雨燕的声音。

“昨天的考试他又考砸了……唉，这样下去——”贝先生仍然非常生气。

“我不是指这个。我老觉得他在想些什么事，一些我们都不知道的事。”

贝先生顿了一下。他回味着上官雨燕这几句话的意思，突然觉得有些似曾相识的感受。

“这个孩子呵，也不知道为什么，老是心不在焉的。”上官雨燕并没有注意到贝先生不快的表情。就像在很多其他的时间，上官雨燕通常总是沉浸在自己的世界里面。

“反正，这孩子……反正他一点都不像我。”贝先生总是显得有些气鼓鼓的。他是一个简单的人。一个简单的人遇上了复杂难辨的事情时，通常就会有这样的表情。其实贝先生不喜欢这样。所以在他生气的神情里面，还夹杂了一丝丝的怨恨。归根到底，咱们的贝先生，他可是个老实人。

上官雨燕微微侧过头。

天越来越暗了，远处工地上的照明灯，这时已经变得有些晃眼起来。这条巷子大约有一两百米长，巷子的这一边只有几盏光线昏暗的老街灯，而在那一头，工地的照明灯彻夜通明……也不知道为什么，每次散步走到中间地段，上官雨燕都会有一种不太真实的感觉。

她抬起头，看了看旁边的贝先生……然后，把一句刚想说的话重新咽了回去。

贝家夫妇散步归来，一直到全家入睡以前，这是贝家秩序最为井然的一段时间。

一般来说，晚饭过后直到十点半，小贝就在自己房间里做功课。而贝先生呢，则坐在客厅一个半旧的咖啡色布艺沙发上，翻阅当天的报纸。要是时间尚早，电视里的晚间新闻还没播完，贝先生偶尔也会抬头瞅上几眼。这是一台比较老式的电视机，最近一些日子还时常会发出细小的嗡嗡声。贝先生皱着眉头辨别了一会儿，走近了，弯下腰，再用手拍打几下电视机的外壳……电视里正在播送一条邻省家庭暴力的新闻……然而近了来看，这位长发大眼的女播音员，她鼻翼边的毛孔仿佛很是粗大，粉也打得有些太厚了。贝先生摇了摇头。

电话在客厅的另一头。大部分是打给上官雨燕的。在接电话的时候，她经常会发出与实际年龄很不相称的惊叫声。这惊叫声，盖过了那时有时无的细小的嗡嗡声，盖过了贝先生拍打电视外壳的扑扑声，甚至还盖过了电视里面那位女播音员说话的声音。贝先生的眉头皱成了一个不确定的形状，波澜起伏着。

不过，贝先生也会有快乐的时候。有那么一些时候，贝先生的心情怡悦平静，他就开始做一桩在旁人看来有些不可思议的风雅事。比如说，坐在沙发上，安安静静地看一本小说。

现在，贝先生正翻到书的这一页。

一个政府官员开始过一种不平常的生活……在他的别墅上有一个非常高的烟囱，绿色的长裤，一件蓝色的背心，一条染过毛发的狗，午夜的晚餐。不出一星期他就会放弃……

贝先生停下来，想了一想，笑了，突然想到他们单位的一位胖科长……很快他便翻到了下一页。

平时贝先生的社交活动不多。只有很少的时间，晚上他从外面回来，带着星星点点的酒气。小贝已经睡了。而上官雨燕正在穿衣镜前试穿一件新买的连衣裙。

“回来了？”她没有回头，因此声音显得非常遥远。

或许是酒的缘故，或许是在玻璃镜子里看到她的影子……贝先生突然觉得面前这个女人有点陌生。贝先生一向不喜欢复杂的情感。和上官雨燕结婚以前，他也只经历过一次男女之情。要知道，贝先生之所以爱他的妻子，绝对不是因为她性格里那时有时无的复杂。不是这样。其实事情完全是反过来的——因为他爱她，所以才能做到对她的复杂装作视而不见。

还有一次，贝先生应酬回来时上官雨燕还没睡。她嘀嘀咕咕地对他讲一个女朋友的事，情感上意外的烦恼。也不知怎么的，贝先生的酒突然就醒了。也可能是借着酒意，贝先生很认真地对她说：

“我告诉你吧，上官雨燕，这世界上可没啥完美的事。所以咱们最好都不要自寻烦恼。”

贝先生忘了他的妻子当时是怎样回答的。她怎样回答已经不重要了。重要的是，他，贝先生，竟然说出了这样的话。要知道，贝家夫妇可一直是理智而美满婚姻的典范……天呐，他怎么能说这样的话？他又为什么会说这样的话呢？贝先生把自己都狠狠地吓了一大跳。

那天晚上，贝先生睡得半梦半醒，直到临近天亮才迷迷糊糊地睡了过去。天色大亮时，他被一个声色俱全的噩梦吓醒了。是个礼拜天，小贝一早就去补习班上外语课了。上官雨燕正在临着巷子的小院里晾衣服。透过客厅的窗户，贝先生发现院子中间的那棵石榴树已经开花了，红通通、厚嘟嘟的……空气里充满了一种不很真实的发疯的气味。

客厅的餐桌上放着一杯豆浆、一只鸡蛋和几片面包。豆浆还有点余温，而咬到第二口时，贝先生发现面包里面已经涂了一层薄果酱，好像还是草莓酱。贝先生使劲地咬了几口。他喜欢甜食。

二

夏天很快就到了。紧接着就是小贝的暑假。顶着烈日，贝先生从市中心最大的一家新华书店抱回一大堆复习资料，又在小贝的小房间里安上了一台低噪音的空调……一天早上，贝先生正在餐厅里吃着豆浆和面包，突然，他站起身来，把那只再也不会说话的鹦鹉从后窗扔了出去。

一个散步过后的晚上，小贝向父母提出了一个要求——他要出门旅行，而且是独自一人。

这回贝先生可是真的生气了。然而上官雨燕却有些暗自窃喜，她看着小贝一声不吭走回房间时的背影，觉得终于找到了这个孩子与自己的共同之处：喜欢神秘与未知的事物。并且，从来都不解释理由。

十来天后，十五岁的小贝去了云南——那个传说中彩云之南的地方。

又过了十来天，小贝回来了。人晒得很黑，还背了只在旅游品商店买的帆布大挎包。他带回了一些稀奇古怪的昆虫标本，和一些被贝先生称为“花里胡哨”的扎染桌布和墙布。开始一两天，小贝的话倒是多了些。他告诉上官雨燕和贝先生，在高原上，他头一次看到血淋淋的宰牛的场景。另外，这次旅行也是他头一次乘坐飞机……两种强烈的印象混杂在一起，让小贝显得有点亢奋与奇怪。但几天过后，他变得更沉默了。

贝先生在饭后打着饱嗝，他坐在沙发上，一边用牙签剔着牙，一边和上官雨燕说着话："你说这孩子出了趟门，怎么倒像变了个人似的。"

上官雨燕瞥了眼贝先生，诧异地说："变了个人？我没觉得他变了个人。"

贝先生又打了个饱嗝，问道："你不觉得他这几天特别沉默吗？"

上官雨燕释然一笑，说："他原来话就不多。"

面对着原来话就不多的小贝，以及总有什么地方弄不明白的上官雨燕，接下来几天，贝先生莫名其妙地就觉得胃疼起来。晚饭过后，他一个人闷闷不乐地窝在沙发里，把多年不间断的散步也停掉了。

而小贝的房门总是关着的。除了空调发出极其细小的嗞嗞声，家里显得异常安静。自从鹦鹉不再说话以来，家里就一直是安静的。但毕竟……毕竟总有着那么一点点的不同。

为了弄清楚那一点点的不同究竟是什么，上官雨燕决定找小贝谈一谈。自从小贝出生以来，上官雨燕就发誓要做一个好母亲，一个有想象力的母亲，一个与众不同的母亲。而仿佛为了告慰她的良苦用心，贝先生家原先的那只鹦鹉，学舌时的头一句话竟然就是——"妈妈！"

在贝先生家的小院里，有一处相当不错的地方：那棵开过厚嘟嘟大红花的石榴树下，放着两只凉冰冰的石凳。现在，上官雨燕和小贝就坐在这两只石凳上。

“有什么事吗？”反倒是小贝开口先说话。

“别急，妈有话对你说。”上官雨燕手里拿了一把小小的折扇。这是一个以前的朋友送给她的。扇面上是一块假山石，旁边坐着一位宫装美人。

“这里有蚊子。”小贝说。

月亮已经升起来了。烟一样的月光很薄，很轻，透过石榴树密密麻麻的枝叶，显得有点懒散，有点怠慢，还有点心不在焉的困倦。

但上官雨燕的眼睛却在这样的月光里闪闪发亮着。她轻柔地问道：“这些日子……都还好吗？”

小贝耸了耸肩。仿佛他听不大懂上官雨燕的话；也仿佛上官雨燕刚才说了句丝毫没有意义的话。一句废话。“好，”他面无表情地回答道，“挺好的，没什么好不好的。”

“你都十五岁了，可真是快呵。”

“下个月就十六了。”

小贝的声音显得浑厚结实，但仍然有种变声期的飘忽不定。在他刚刚开始变声的时候，上官雨燕经常会产生一种幻觉，觉得自己是在和一个孤僻的陌生人说话。很长的一段时间，她都在两种截然不同的感受间摇摆着。这一会儿，她觉得小贝即便再怎么变化，也是她十月怀胎生下的一只毛茸茸的小动物。而到了下一会儿，她又切切实实地感到，这孩子的神情老是在提醒她一件事。他的心不在焉，他的沉默，他那懵懵懂懂的精神世界……仿佛他一直在说，骄傲地说，坚持着说——我长大了。你们知道吗，我有一个自己的世界了。你们不懂，不懂，不懂，永远都不会懂。

她不知道应该怎样接近他。他的世界，对于她，是整个关闭的。就像那扇总是关着的房门，或者说，其实他根本就没打算让她接近他。

有些时候，那些从他嘴里满不在乎地蹦出来的话，甚至都能让她大吃一惊。

“我早就看出来了，你不爱爸爸。”

轻描淡写地讲完这句，小贝就从石凳上站了起来。他的脚上还是穿着那双臭烘烘的白色球鞋。月光黯淡，蜻蜓飞得很低。这种潮湿多雨的天气，脚气是很容易犯病的。但此刻，小贝的背影似乎又在说，非常肯定地说——好的，都挺好的，根本就没什么好不好的。

里屋隐约地传来了电视的声音。是贝先生。就是这样，贝先生在看电视。小贝回了自己的房间。而上官雨燕则坐在院里的石凳上，发了很长一会儿呆。

三

这是上官雨燕独自一人散步的第七天。天空中飘着一种嫩嫩的荫翳。没有风，也不是很热。她在巷子里来回走了一遍，不知怎么就走远了，拐上了一条平时很少走的巷道。

白天的时候，上官雨燕去看了看新房。巷子里那拆了一大半的人家都搬到了那里。近来还有种讲法，说剩下的一小半也要搬。而且就是不远的事情了。她原先是想叫上贝先生一起去的，贝先生，或者是小贝。但最后的结果，却是上官雨燕独自一人跳上了开往目的地的公共汽车，独自一人。

很多的房子都空着，有些甚至连门都没锁。上官雨燕随便推开了其中的一套，走了进去。

被隔成方格形的空荡荡的屋子，从这里到那里，依次分别是厨房、客厅、走廊、卧室、卫生间、走廊……或者再走回来，走廊、卧室、浴室、客厅、厨房……通向阳台的是一间朝南的卧室。

上官雨燕推开了卧室的移门。

天空显得很高，非常非常的高。高到最高的地方，它便失去了边际，同时也失去了色彩。就如同雾气升起时远方的海平面。上官雨燕记得，从自家小院里望到的天空就不是这样的。当然，不一样的东西还有一些。比如说，从阳台朝下看，这小区好像看不大见树，或者只是些很小很小的树。而今天早上，上官雨燕已经从院子里摘了两颗新结的石榴。那是两颗还没熟透的石榴，青汪汪的，还透着一股黄气。

上官雨燕一连走了三套空房。就在离开最后一套的时候，她拉开随身背着的小包拉链，从里面取出一支口红，旋开盖子……然后，就在客厅那面苍白的墙上随手画了一个形状。

那是一个奇形怪状的图案。可能是老树的一截枝干，给虫蛀过的半片叶子，被风吹晕过去的一只小粉蝶……不管它究竟是什么，那血淋淋的几笔鲜红，在白到刺眼的墙壁上，却显得更加醒目、更加刺眼。

上官雨燕后退几步，歪着头看了看。她满意地笑了。

而现在，上官雨燕就走在那条平时很少走的巷子里。月亮藏在很厚的云层后面，而云层正在慢慢地扩散、稀释、流动。云层成了扩散、稀释与流动的雾气，成了天空中望不到边际的海平面——成了一整块空无一物的白色墙壁。

就在这时，前面出现了店铺的灯光。渐渐地近了，明晰了，亮了。

是一家临街的宠物店。

上官雨燕在一只玻璃缸前停了下来。

“这是什么？”她好奇地问。

“蜥蜴。”宠物店老板欢快地说。

“蜥蜴?”

很明显，上官雨燕对这个名词并不很熟悉。她重新弯下腰，久久地、仔细地、差不多是目不转睛地盯着玻璃缸里的那个小东西。

它几乎称得上是丑陋的。其实它就是丑陋的。长长的身体，三角形的小脑袋，绿莹莹、脏兮兮的鳞甲盖满了全身。它的尾巴简直比身体还要长，在宠物店刺眼的灯光下面，就像一根小小的、刚硬的鞭子。

此时，这个丑陋的小东西正趴在缸底的一块石头上打瞌睡。

“它……咬人吗?”

“咬人? 不，它不咬人，”宠物店老板从一块挂着“美容室”牌子的小屋里探出头来，“它听话着呢，连胆小的小朋友都敢买。”

“平时它吃什么呢?”即便说话的时候，上官雨燕的眼睛也没有从它身上移开。

“吃虫子，一种叫面包虫的虫子。一次它能吃六条。”

“光吃虫子吗?”小东西可能被他们说话的声音吵醒了，微微地动了几下眼皮。上官雨燕也跟着眨了一下眼睛。

“有条件的话，可以捉几只蟋蟀。有时候它高兴了，也吃点生菜或者苹果。”

宠物店老板已经察觉出这女人的兴趣，他放下了手里的事情，也走到了女人正靠着的玻璃缸前。

“怎么样？还喜欢吗？”他微笑着看着女人，用一种羽毛般轻柔的声音说：“真的，我保证，它是一条非常非常棒的蜥蜴。”

玻璃缸的两个角上分别装着一只白炽灯，和一只紫外线灯管。上官雨燕的视线在上面停留了一会儿。

“哦，它怕冷，冷血动物嘛……一年四季都要用灯管照着。它还需要照射紫外线，然后在皮肤里合成一种叫维生素D3的东西。呵，不好意思呵，听别人说的，我也讲不清那到底是什么东西。所以呢，天气好的时候可以让它晒晒太阳，下雨天就用紫外线灯，”宠物店老板朝玻璃缸里的一只水盆加了点水，看了看，又加进去一点，“等它醒了呵，它就会在里面洗上一个澡。它可喜欢游泳呢，让它在里面泡泡、泡泡……”

“它在你这儿有多长时间了？”

“很长了。我都记不清具体的时间了。”宠物店老板一脸得意地说，“你真是很难见到这样的小乖乖，让它吃它就吃，叫它睡它就睡。它是这儿最漂亮的小家伙。你瞧——瞧它那条尾巴，它的鳞，你见过这样光亮的蜥蜴的鳞吗？还有它的后背，啧啧，挺得多高，多挺拔……”

难看的、脏兮兮的鳞甲，在刺眼的灯光下闪着光……突然，它睁开了眼睛。

那是一双怎样幽暗恐怖的眼睛呵。眼皮周围还有着刀刻一样的纹路，它就像一个活了一百多岁的老怪物。但不知道为什么，上官雨燕觉得它在看她。它挺起了脖子，抬起了眼睛。它的鞭子一样的长尾巴轻轻地晃动着。她甚至还觉得它向她张开了两只尖尖的前爪……它在看她，温柔地，若有所思地。

它认识她。并且有话要对她说。

上官雨燕的嘴角露出了一丝浅浅的笑意。

“把它涂成红色。”

“什么?”宠物店老板像被蛇咬一样地怪叫起来，“你说什么?”

“我说在它身上涂上红色的颜料。”

“为什么?”

“不为什么。我喜欢它是红色的。”

“从来……没有过……从来。”

“把它涂成红色，”上官雨燕微微一笑，“每天给它吃面包虫、生菜和苹果，每天给它洗澡、晒太阳……一有时间我就会来看它的。”

宠物店老板不知所措地站在那儿。

“你要多少钱?”上官雨燕冷冷地、坚定地、完全不容置疑地看着他。

四

一般来说，上官雨燕每三天去一次宠物店。大致是在晚上散步的时候。她还不知从哪里弄来了一张蜥蜴的食单——

> 豆腐、紫甘蓝（包菜）、芜菁甘蓝、芥菜、芹菜、蒲公英、青豆角、青椒、韭菜、雪豆、葡萄、萝卜、梨。

上菜市的时候，她就轮番地照着买一些。这次是豆腐和包菜，下一回就是萝卜和梨。她甚至想到过自家小院里的石榴。有一次，她还真的采了一个带去，剥了皮，露出里面亮晶晶的果肉。那只蜥蜴探出头，小心翼翼地吃了点。

但上官雨燕一直弄不明白，为什么蜥蜴会喜欢吃蒲公英。

“不吃也没事的。我就从来没让它吃过。”

对于这位女客的奇怪行为，宠物店老板倒是好奇了几天，但很快也就见怪不怪了。她已经付了钱，买下了那条蜥蜴。只是和其他顾客不同的是，接下来她又付了一次钱。而补偿的结果就是：她可以不带走那条已经买下的蜥蜴。事情就是这样简单，一回生意做了两次，再没什么其他的了。

“昨天它没睡好呢。”

“来了？它等你很久了。”

有时，他还会和她开开玩笑。这是个还算好看的女人。她在晚上来看望寄存在店里的宠物。这女人稍稍有点怪癖……至于其他，他便再也想象不出什么了。他解嘲似的撇撇嘴，从柜子里拿出一支软牙刷，用清水轻轻刷着蜥蜴那根长长的尾巴——排便的时候，它经常会不小心把自己的尾巴弄脏，然后就显得很不高兴的样子——他一边想着，一边不时抬眼看看门外。

这女人该来了。她已经有好几天没来了。

上一次她来的时候，还出了一件小事。那只蜥蜴突然从玻璃缸里爬出来了。三下两下地，它就爬到了房子横梁那个地方，一动不动地趴在那儿。他和女人连忙搬来一张椅子，在椅子上再叠上一张椅子。女人爬了上去，但很快就重重地摔了下来。他们改变方式，重新搬来一张桌子，把椅子放在桌子上……

宠物店里充满了桌子、椅子搬动的吱嘎声，以及那女人肆无忌惮的尖叫声。

“我来了。”

不知道为什么，听到那女人的声音，宠物店老板突然吓了一跳。他手里的软牙刷用力大了点，蜥蜴发出一声怪叫。

女人穿着一身黑色的衣服，手里拿了一把黑伞。

“下雨了？”

“刚才打了几声雷。我不放心，过来看看它。”

女人放下伞，径直走向那只装着蜥蜴的玻璃缸。她蹲了下来。

“宝贝儿，这几天过得好吗？”

女人的声音很轻、很快，像尖细的竹梢划过清亮的水面。每次她用这样的声音和玻璃缸里的蜥蜴说话时，宠物店老板总要忍不住偷偷地听上几句。那是一种说不清、道不明的奇怪心情：他总是被她突然冒出的声音吓一跳；但又总是忍不住偷偷地听上几句。

通常总是这样的。她定时或者不定时地来宠物店，走到玻璃缸那儿和蜥蜴说话。有时她也会回头和宠物店老板聊上几句。但更多的时候她只和蜥蜴说话。

“能给我一杯水吗？还有一张小凳子……最好再有一把扇子。”

这是她通常会向宠物店老板提的要求。非常简单：一杯水，一张板凳和一把扇子。然后，她就坐在那只小板凳上，手里摇着扇子，高高兴兴地和玻璃缸里的蜥蜴聊着天。等到说累的时候，她就自己喝几口水，当然，也不会忘了给蜥蜴来上几口。

“今天它吃得多吗？”女人突然回头问他。

“呵，还可以，还可以，”他耸了耸肩膀，“早上它吃了点，下午睡了一小会儿，这天气实在是太热了……”

“下了雨就会好一点。”

“是呵，当然。那当然。”

外面一直传来闷闷的雷声。但不见风，更没有雨。

“这几天它好像瘦了。”女人并没有朝向他说话，所以听起来，她的声音显得越发细小、脆弱，好像马上就要折断似的。

“瘦了？不会吧。我每天都喂它虫子和苹果……”

“不是这个意思，”女人笑了笑。女人笑的时候，一双眼睛非常好看地舒展开来。宠物店老板愣住了，觉得她就像换了个人似的。

“我真的不是这个意思。”女人摇动着手里的扇子。那是刚才宠物店老板递给她的。一把白色的扇子，扇面上空无一物。“它这几天好像心情不太好。话也说得少了。”

“哦，是这样呵。哈，当然，哈哈，那当然……”

这时店里又进来了两个客人。宠物店老板迎了上去。寒暄的时候，他恰好背对着女人和那只装着蜥蜴的玻璃缸。也不知道为什么，他突然觉得脊背那儿有点凉，凉凉的，一丝一丝、一片一片的凉意直透上身来。

其实，那女人到底在和蜥蜴说些什么，宠物店老板从来就没听清楚过。除了开头那一两句，比如说：“宝贝儿，昨晚睡得好吗？”或者“来，宝贝儿，我告诉你一件特别好玩的事。”这样的话是听得明白的，但后来女人就越说越轻，声音越来越小，简直就像窸窸窣窣的耳语。但很显然，和蜥蜴说话的时候，女人是快乐的。因为在那些耳语里面，总是会夹杂了一点笑声。而等他再次屏息细听，那笑声和窸窸窣窣的微语又全都消失了。店堂里显得空荡荡的，只有一些吃吃睡睡的小动物，和一个付了两次钱的奇怪的女客。

有一次，他无意中发现，女人一脸笑意地和蜥蜴说话时，玻璃缸里的蜥蜴却正闭着眼睛呼呼大睡。总是这样的，天气很热的时候，它要睡上很长的时间。而天气很冷的时候则同样如此。不知怎么的，那天他有点生气，想把那只贪睡的小家伙弄醒——但就在这时，女人突然大声笑了起来。

她让他给她加点水，“话说多了，口干得厉害。”她朝他一笑。她笑起来的时候真是很好看的，非常好看。

究竟是从什么时候开始的？她来了以后，就和它说会儿话，然后再心满意足地离开，他记不清楚了。只是宠物店老板渐渐养成了一个习惯：放好一杯凉水，搬好一张小凳子，然后，再在凳子上搁一把扇子。

还有一次，那天她该来的，但结果却没来。快要收工关门的时候，他下意识地走到玻璃缸前，探下头去。

“咳——”他叫它。

它好像听见了，也好像根本就没听见。它抬起头，懒洋洋地看了他一眼。还摇了摇尾巴。

那天他盯着它看了很久。

有那么几个瞬间，它好像真的开口说话了。他吓了一大跳。

五

秋天到了。贝家的石榴真的熟了。

石榴熟的时候，树上的叶子就一片一片、一片接着一片地掉下来。掉在院子里，掉在石凳上，也掉在贝先生微微秃顶的脑袋上。

经过一个夏天的酷热，贝先生显得黑黝黝的，在他混纺的白衬衫外面，也套上了一件黑黝黝的外衣。不知为什么，他显得更烦恼了。

早餐的时候，贝先生讲起了拆迁搬家的事情。新房的钥匙已经拿到了，但贝先生心里烦着呢，烦着要装修，烦着要搬家，烦着小贝的新学校，而最让贝先生烦心的是，上官雨燕竟然说了一句匪夷所思的话："你们先搬过去吧。"

"什么?"贝先生几乎不相信自己的耳朵。

"我晚点搬。"上官雨燕回答得很平静。

贝先生张大了嘴巴，差点把刚吃下去的果酱面包吐出来。

上官雨燕赶着先去上班了。接下来就是小贝。小家伙近来个子长得很厉害，就连相貌也有微妙的变化。而很多个微妙加在一起，乍一看几乎就快不认识了。此时，他换上了崭新但仍然臭烘烘的白球鞋，嘴里吹了声口哨，扬长而去。

贝先生闷闷不乐地继续吃早饭。

上官雨燕近来也变了。她变得安静、踏实，并且常常若有所思。有好几次，贝先生坐在沙发上翻报纸，猛一抬头，突然发现上官雨燕正一个人微微笑着，甜丝丝的。

“嗳。”贝先生叫她。

“怎么啦?”她像突然惊醒似的，并且不知道为什么要被惊醒。

“你怎么啦?”贝先生很生气，并且怀疑。只有一个陷于恋爱的女人才是这样的。

“我？我没怎么呵。”她显得很惊讶，并且不知道别人为什么要惊讶。

什么也没有发生，但好像已经发生了什么。总有什么地方不那么对，但又确实没有什么不对的。生活一如既往，虽然并不熠熠闪光。

有好几次，那句话已经涌到贝先生的喉咙口了——我告诉你吧，上官雨燕，这世界上可没啥完美的事。所以咱们最好都不要自寻烦恼——但突然他又不想说了。是的，贝先生很生气，但他实在是不知道应该对谁生气，又是为了什么才生气。

就像现在，贝先生拿起了桌上的一只玻璃杯。他想狠狠地把它摔在地上。摔碎它！摔出声响来！

但没有。他赌气地吃着早饭，而且又一连吞下去了两块面包。

就在这天晚上，或许还要再过一两天，甚至好几个礼拜，等到贝家小院里的叶子掉得七零八落的时候……有一天晚上，肥白的月亮老早老早就升起来了。它笑眯眯地挂在天上，带着一丝懒洋洋的喜气。

宠物店的门悄无声息地打开了。

“你?”宠物店老板低声叫了起来。那女人昨天刚来过。她从来没有连着两天来过这里。但确实是她，穿了一件橘红色的秋衣，脸上显得很平静。

“昨晚做了一个梦……”

她一边说着，一边向玻璃缸走去。也不知道是和梦境相似，还是相反，玻璃缸还在原来的地方，但里面是空的。

她愣住了。呆在那里。

“对不起，原来想过几天告诉你的。”宠物店老板搓着手，吞吞吐吐地说着:“它……不见了，跑掉了。今天早上发现的。”

她一动不动地看着玻璃缸。一动不动。突然，她转过头来。

“宝贝儿……”

“它真的不见了，真的，我不骗你……”宠物店老板有点害怕，又是害怕，又是后悔。他讨好地、不知所措地看着她，“这样吧，我赔你一条，赔你一条更好的，我这儿有很多非常非常棒的蜥蜴，非常非常棒……”

她还是没说话，看着他。她的眼睛看着他，如同看着虚空。

“是叫你。”她打断了他的话。然后，她冷冷地、坚定地、几乎完全不容置疑地把刚才的话重复了一遍：“就是你。过来，到我这儿来，我的宝贝儿。”

有人将至

一、 丽芳

1

丽芳和重生——这对夫妻，我最初认识的是其中的太太。

那是一个闷热的盛夏午后，快下班的时候，我接待了这天的最后一位病人。

我清楚地记得，那位女士年龄介于三十和四十岁之间，身穿淡湖蓝色、小方领的薄绸套装，鞋跟不高不低……手里还挎着一只体积不大的白色拎包。

她那种冷漠、疲倦、软绵绵的神态……以及手里那只规整的、硬邦邦的白色拎包……或许说，是它们之间的那种反差吸引了我。

她在我旁边的沙发上坐下，简单聊了几句。

过了一会儿，她突然站了起来，走到我身边。

她身体的重心明显向我倾斜着，就像一种努力要攀附点什么的植物。

她说话的声音很轻，句与句之间还有着不经意的停顿——“是的，我有抑郁症……您知道，因为这个，我总是有点难为情。而且我一直在吃某种药物，好几年了……我只是想问问您的意见。”

说句实话，这样的病人我见得多了。每天都有好几个，有的自己来，有的则是家人或者朋友陪着一起来。所以和以往一样，我问了她病程中的几个细节，尽我所能地提供了一些个人生活上的建议，最后，我开出了一张药方。

她很有礼貌地微笑着，甚至还和我握了握手。

接着，又一次，她身体的重心朝我倾斜过来，压低了声音说:“对了，其实……我的丈夫并不知道这件事。您知道，他是那种无法理解这种事情的人，所以，嗯……我们今天的谈话能否保密?”

对于她的这个要求我稍稍有点吃惊，但或许是下意识的，我很快回答说:“好的，当然，没有问题。”

她从沙发上拎起那只规整的、硬邦邦的白色拎包，转身向门口走去。她的背影……怎么说呢，疲惫，然而又是不失优雅的，就像她手里的那只白色拎包。不知为什么，我突然涌起一阵无法抑制的冲动，我想，如果我冲上去，从她手里夺过那只包，打开它……里面一定是乱七八糟的。

2

不得不说，我经营着一家还算不错的诊所，生意兴隆。现在这个世界，有心理疾病的人实在不少。他们常常避开阳光灿烂的街道，钻进一条又一条荫翳的窄巷……在某条巷子的深处，会有一扇隐秘的小门。

就在那扇门后面，我见过很多奇怪的病人。

有的人进来后，说不上几句话，就开始崩溃大哭。一直哭到眼睛红肿、声音嘶哑，这才默默离开；还有的人喜欢和我对视——那种挑衅的、刀子般的对视——我常常不能理解，那眼神里的凉薄和敌意从何而来；当然，更多的人喜欢讲故事给我听，各种各样的人生故事。时间长了，这些故事几乎让我得出结论：命运让这些人得上心理疾病，通常并非由于他们的恶，而恰恰缘于他们的美德……说真的，他们几乎都是好人。很少在生活中为所欲为，他们捆绑自己、抑制自己，不管是出于善良或者怯懦。

所以，在门诊的最后，我通常会对他们这么说：

“你哭出来，对，尽可能哭出来……别压抑自己，没关系的，哭出来就会好一些。”

丽芳就是这样出现在我面前的。但和很多病人不同的是，从始至终，她都一直保持着那种疲惫、冷漠和优雅的姿态——后来，我偶尔会不经意地想起那个背影以及那只规整的、硬邦邦的白色拎包，但终究也就慢慢淡忘了。因为在那以后，有挺长一段时间，我再也没见过这位名叫丽芳的病人。所以说，如果没有后面的故事，丽芳仅仅就只是我许许多多病人中的一个，微不足道的一个……

二、重生

1

离开我的诊所大约有两条街的样子，是一家医学类的二类大学。我经常会在休息日的午后去那里，主要是去学校的图书馆查阅资料或者借阅图书。很偶然的一次机会，我发现那里藏有数量惊人的关于哲学心理学、历史心理学以及犯罪心理学等方面的著作，有一些还是外面相当少见的版本。

这让我着实欣喜万分。

对于那所学校，我印象最深的是图书馆（位于一座钟楼的二层）背后的树荫。夏天的午后，有很多男学生女学生躲在那里接吻。我从他们身边走过的时候，几乎能清清楚楚地看到他们紧闭而颤抖的睫毛，听到他们咻咻的鼻息。总是有钟声响起来（或许是幻觉），几只麻雀从树丛里飞起；人群渐渐散去，如同清新而紧张的小兽。

重生是这所图书馆的图书管理员。他一直在馆区的另一侧工作，所以有很长一段时间，我根本就没有注意到他。通常，我总是与一位笑容和蔼、体形微胖的中年妇女打交道。而每次，她都相当专业地向我介绍图书，替我办理阅读或者借出的手续。

直到有一天……

那是一个有些闷热的下午，肉体的微微不适以及精神的焦虑都在提示着，或许，一场规模不小的暴雨就要如期而至了。

我顺着熟悉的木板楼梯走上二楼。钟楼是民国时代的老建筑，楼板斑驳，发出空洞的吱吱嘎嘎的声响。

在二楼的楼梯口，我没有像平时那样，见到那位总是微微笑着，让人感觉生活是如此稳定而安全的中年妇女。

或许是闷热的缘故，有几扇落地长窗敞开着。米黄色的长窗帘微微摆动，仿佛后面隐藏着什么秘密。

我走到“最新上架图书”那个区域，一个人翻阅了起来。

大约过了十几分钟的样子，有一个带点鼻音的男中音出现在我身后。

“新来了几本书……你可能会感兴趣。”

是的，这个人就是重生。

2

那天我捧了一大堆重生推荐的书离开。

有凯伦·荷妮的《我们时代的病态人格》，埃里希·弗洛姆的《人心：善恶天性》《逃避自由》《自我分析》，以及马克·巴特斯比和莎伦·白琳的《权衡：批判性思维之探究途径》……

我们聊天聊得也很愉快。重生说他很早就注意到了我。

“你知道，对这类书真正感兴趣的人其实并不多。”他微笑着说：“学生们借了，常常就是在论文中引用。”接着他又加了句，“没什么感情的。”

他朝我做了个俏皮的鬼脸。

我被他逗笑了，笑得很开心。在那个瞬间，我突然有种完全放松的感觉，就像有时候我对一些病人施加的催眠疗法。很多病人到我的诊所去，坐在沙发上，他们总是会感到紧张：眼珠子直转，左手捏住右手，空气里都能听到骨头和关节的挣扎声。而我，则会为他们倒上一杯温水，“轻轻地闭上眼睛。”“对了，就这样。”我的声音听起来相当遥远。然后，我继续说：“好了，现在，你放松一下，你想象着自己伸展开双臂，就像土地里生长出来的一棵树。”

我感到很奇怪，为什么重生能够给予我这种灵魂出窍般清净明亮的感觉。

后来，我们还聊了些心理学、人类学方面的话题，让我感到惊讶的是，对于诗歌和诗人，重生也有着相当不俗的见解。他和我谈到了海子。

“我一直假设海子卧轨自杀那天，他往山海关走，如果碰见个熟人，可能就去饭馆吃饭了。我觉得历史有它的大方向，却又充满了种种道不明的细节。这些对我来说很神秘。”

那天，我离开图书馆后穿过了那片浓密的树林。

天越来越暗，豆大的雨点掉落下来，落在我的头发上、颈脖里，凉凉的、柔柔的，却又惊心动魄……我像逃一样地飞奔而去。

我知道完了。那是种莫名的情感。只需看一眼，一切都已确定。在那种莫名的情感面前，心理咨询师这种职业简直就像骗术一般无聊。

我在飞奔过树林时觉得无数的暗黑色的叶片齐刷刷向我涌来……像扑向礁石的海浪，像膨胀着、野蛮生长的无数条海藻，缠绵却又强力……在迎向它的同时，我已经有了挣脱的预感和欲望。

是的，我相信喜欢重生的女人会有很多。特别是那些心里有阴影的女人——看着他的眼神，会觉得安全。就如同身处一间阴暗的屋子，它不是盲人般的黑暗。

它只是阴暗。

3

一般都是重生来我住的公寓。

那是一小段时光穿越如梭的日子。几个礼拜，或者一两个月……那或许正是这个城市最密集的雨季。有些时候，雨点像丝缎般光滑地流淌在窗户上；又有些时候，则如同激越的鼓点猛烈地捶击。

米黄色的窗帘总是严丝合缝地下垂着。我半躺在床上抽烟的时候，风吹动着窗外的树叶，在窗帘的那块区域闪出一大片暗黑色、边缘莫名的阴影。

我们默契地很少谈论自己。

在刚开始的一个礼拜，我们甚至都很少说话。那是一种无比恐怖而又悲哀的感觉。我和重生更像是在打架——上一刻，还把对方捧在手心里，抱他，蹭他，哀求他不要离去；等到下一刻，又恨不能把他（她）撕成碎片，吞下她（他）的每一块血肉……

后来，有那么一次，重生冲完澡出来，带着沐浴露的香味坐到了床沿上。

“你知道……我这个人话不多。”他清了清嗓子，有点尴尬地笑了笑。

我知道他要说什么了。所以我沉默着，没有说话。

“其实我和很多人想象的不一样，完全不一样……”重生突然变得有点口吃起来，“你了解我吗？……或许，你根本就没有看清我……”

说到这里，重生也停住不说了。

我用了与重生相处大约两到三倍的时间，才渐渐适应了这个人从我生活里的消失。我甚至使用了一些医学上的手法，以求控制住这种类似于戒断反应的症状。

我以为，这件事已经过去了。

三、 丽芳与重生

1

我陪人聊天的生涯仍然还在继续着。不断有新的或者老的病人来到诊所，仍然有很多人说不上几句就崩溃大哭，或者从头至尾冷若冰霜……但或许是药物产生的幻觉，在重生消失的那段时间，我总是能够看到，或者感觉到两个完全不同的自己。

一个穿着洁白而规整的外套，轻言细语地对病人们说：“你哭出来，对，哭出来就会好一些。”

另一个，则披头散发、憔悴不堪地坐在床沿上……那个有条不紊的理性的心理咨询师是多么令我生厌呵。在那个瞬间，我相信世界是由难以名状的感性力量推动的。一切的秩序，都只是为了维护我们已经习以为常的貌似正常的规则。

然而，真正的世界不是从那里长出来的。

然而——又是一个然而，我的眼睛转向桌子上的一个角落。那里堆放着从重生任职的图书馆借来的那些书——《逃避自由》《人心：善恶天性》《我们时代的病态人格》……这些书的封面上已经蒙上了一层淡淡的灰尘。我的感性告诉我：捧起它们，用最快的速度向重生奔跑过去；但理性的力量则把我牢牢地钉在椅子上，它用严厉而低沉的声音命令我：不可以，你必须待在这里，待在自己的世界里，至少，这里是安全的！

那段时间，有一位病人经常来我这里。他从来不哭，也不绝对，更不冷漠。每次他都滔滔不绝地说话。他把有关自己的一切告诉我。把他周围世界里发生的故事告诉我。他是一个无比正常甚至有些温暖的人——但是，他实在是太无趣了。他遵循的道德水准，甚至比世界上一般公民使用的还要高尚与清洁——他对我说，他觉得抑郁极了。

一天下午，我刚送这位高尚而纠结的病人离开，正准备要关窗锁门离开，一转身，一个瘦长的身影出现在门口，披了件长长的风衣，脸色苍白。

说出来我自己都觉得奇怪。我竟然叫出了这位只有一面之缘的病人的名字：

“丽芳……”

2

“你的脸色很不好。”我端详着坐在灰粉色沙发上的丽芳。她好像瘦了，也黑了，并且肯定不仅仅是由于室内光线变得昏暗的缘故。

丽芳没有抬眼看我。她只是不停地把玩着手里的茶杯。过一会儿，又把眼光移向桌上的一盆盆栽。那是我从邻街花店买来的一大束银柳，插在一个敞口玻璃瓶里，很多小嫩芽正从枝丫的关节上冒出来，鲜绿的，稚嫩的，毛茸茸的。

“最近……我的睡眠很不好。”丽芳幽幽地说道。

“梦多吗？”和所有的医生一样，我说话的时候简洁明确，仿佛对这个世界有着十万分的把握。

“会做梦，各种各样稀奇古怪的梦。”

“你梦见了什么？”

“一条巷子。一条漆黑的空无一人的巷子。路灯是暗绿色的，从头顶上直直地照下来。只有我一个人。我顺着路灯一直往前走，走了很长时间，仍然只有我一个人。再后来，走着走着，我觉得自己突然来到了一座楼房的顶层。我还突然发现，一个黑影站在我后面。就在我身后，那个黑影的手里还拿着一把刀。我想逃，但抬不起脚。我就从楼上往下跳……”

我倒吸一口冷气。

在重生刚从我生活里消失的第一个月，我也做过类似的梦。我在无数纵横交错的巷道里奔走，两腿沉重、大汗淋漓；我知道自己行进在某个暗黑世界的边缘，有坠落沉没的危险，然而敌人，却仍然遍找不见。

我只是感到虚空。

“好的，我明白了。”我舔了舔有点干燥的嘴唇，“你的情况不是很稳定，最近一段时间，你可能需要增加一点药物的剂量。”

“可是，我已经停药停了一段时间了。”

“为什么？”我惊诧地看着她，“为什么要停药？这种药必须要按时定量地服用……而且，这可能就是你最近情绪不稳定、睡眠不好的原因。”

丽芳注视了我一会儿。这种注视是平静而强势的，仿佛全世界的真理都掌握在她的手里。过了大约两秒钟的时间，她张开了嘴巴：

“我怀孕了，已经快两个月了。”

3

那天丽芳离开诊所的时候，我所了解到的大致的情况是这样的：

丽芳告诉我说，这是一次意外的怀孕——她把她清秀而忧郁的身体向我靠拢过来，给我的感觉是，即便话已经说了出来，然而，她对于刚才所说的话却是不确定的，甚至，她对于整个的世界都是不确定的——她说:“是这样的，我的丈夫还不知道这件事情……是的，我指的是孩子……这是一次意外。”她稍稍停顿了一下，有些迷惘地看了我一眼，“这个孩子，他是一个意外。我还不知道，应该要留下他，还是……”

我伸出双臂，轻轻搂住了她。

“我理解。”我听见自己的声音如同春风细雨般入人心脾，“你放心，我们今天所有的谈话都将会是保密的。现在，我只希望你能够平静下来——为了——你自己，和这个意外的孩子。”

我给丽芳配了一些综合维生素药剂以及完全没有副作用却能让人平复心绪的药品。我把她送到门口，语重心长地再三叮咛:“先不要多想什么，好好吃药，把身体调理好。”

丽芳不断地点头，随即紧紧抓住了我的手。不知道因为什么，不知道她究竟想到了什么，她的眼眶突然红了。

“非常感谢。真的。”有个瞬间，她的眼神黯淡了下去。过了一会儿，终于，她再次把自己的情绪收拾到一个稍稍体面的状态。她的声音热切而真诚:“最近你有时间吗?我想……让你见一下我的丈夫……最近，他的情绪好像也不是很稳定，你可以和他聊聊吗?”

4

我、丽芳和丽芳的丈夫，我们三个人第一次的同时见面，是在丽芳家位于市中心的高层公寓。

那是一个暮春的中午，丽芳仍然穿了一身规整的小套装，只是头发有些慵懒地半盘在头顶上。春天的风忽冷忽热。丽芳站在公寓楼下的草坪上，微笑地等待着我的到来。

她同样微笑着把身边站着的一位男士介绍给我。

“我的先生，你们认识一下。”

这时，楼上有人打开了窗，大声朝下面叫喊着什么。我们三个同时仰起了头。

接近正午的太阳异常强烈。我眼前一阵刺痛，竟然无法直视。

是的，生活就是寻常和离奇之间的一个平均数。

丽芳的丈夫我认识，他竟然就是重生。

5

在整个午餐的过程中，我和重生几乎没有超过一秒的对视时间。

这是一个典型的，看起来相当平静的中产阶级家庭。

公寓位于建筑的顶层，由此搭建出了一个小小的屋顶花园。花园的一角铺着白沙，错落堆放着花纹细致的吸水石、龟纹石、斧劈石和千层石……一株紫藤横空出世，曼妙地盘在藤架上，枝粗叶茂。高高低低、深紫浅紫的花儿开得如此繁盛，它们交织纠缠在一起，竟让人顿生摇摇欲坠之感。

木制的餐桌摆放在紫藤架下。丽芳沏好了茶，坐下来陪我聊天。

从我坐的地方可以看到厨房的一角。重生正忙碌着准备午餐……我注意到，他在衬衣外面套了一条淡蓝格子的烧菜围裙。

“我先生烧得一手好菜。”在春日的暖阳下面，丽芳的声音难得地有种轻柔闪烁的水色。当然，这或许也只是我的错觉。

“这多好。你可真是好福气。”我清了清嗓子。阳光穿过枝叶茂密的紫藤架，却仍然还是那样夺目耀眼。

微风徐徐，一小瓣紫藤花飘落在茶盏的旁边。我盯着它看了一会儿。

不得不说，那天重生的厨艺着实出乎我的意料。他几乎完美地为我们呈现了一桌地道的苏式菜肴，糟溜鱼片、清炒虾仁……一盘白绿相间的莼菜银鱼汤里，倒映出花团锦簇的紫藤树影，随着风声，一会儿繁花涌动，一会儿香消玉殒。

我和重生喝着冰镇的阿根廷白葡萄酒（我注意到，丽芳给自己倒了一小杯鲜榨果汁），品尝着美味佳肴。我们聊了一些时政、股票以及度假旅行之类的话题，小半个下午很快就过去了。我们每个人的脸色都有些微微泛红，透出一种莹润而又神秘的光泽。

那天丽芳的兴致相当不错，她甚至还半开玩笑地说，是一种神秘的力量，让我成了她的朋友；然后又补充道，她同时相信，像我这样一位聪明、优雅，而且知识面相当丰富的女士，一定也可以成为她和重生共同的朋友。

“你真的应该跟她好好聊聊。”丽芳把头转向重生的一面，“我敢保证，图书馆里那么多的书，没有几本能够像她那样有趣和善解人意……”

告别的时候，我带着微微的酒意穿过客厅。客厅的东面应该是他们的卧室，我无意中瞥见，那扇门虚掩着，上面挂着一长串枯玫瑰色的干花……

这个似曾相识的场景，曾经好几次出现在丽芳和我的谈话中。

“每天晚上，我推开卧室的门——那扇门上挂了一串香喷喷的干花——我在那种甘草的香味中走进卧室，刷牙，洗脸，在脸上涂抹各种各样防止地球引力产生作用的面霜、眼霜、精华霜。然后，在梳妆柜的最下面一个抽屉里，我拿出一个白色的药瓶，取出药片，吞下去——那个时候，我的丈夫还在客厅里看电视。听着从电视里传来的笑声，我突然觉得我恨他！我甚至有一种强烈的冲动，我想冲出去，掐住他的脖子……”

而现在，我竟然鬼使神差地出现在丽芳和重生的公寓里，享受了一顿美味佳肴，正准备心满意足地离开。美味佳肴……多多少少意味着人与物的和谐。然而很显然，我其实并不希望在这里看到与这个字眼有关的一切。它们让我感到疼痛。

我一直在想着这句话。

“我先生烧得一手好菜。”在春天的紫藤树下，丽芳眯了眯眼睛，这样说道。

四、 我与重生

1

其实，无论是从生活阅历或者职业的角度，我都非常清楚地知道一件事情：生活是不能深究的。

然而，作为一名职业心理咨询师，我把我所知道的非常清晰的事情又稍稍模糊了一下：在某种意义以及某种程度上，生活是可以进行分析，甚至可以进行适当追究的。

在我的私人诊所，曾经来过一对父子。父亲四十多岁，儿子则是位中学生。两个人都很苦恼。

儿子处于一种垂头丧气，却又绝对不太甘心的状态。而即便对于这种状态，父亲也是不甚满意的。他尽力安慰他的孩子，又苦恼于这种安慰起效甚微——对于这位困惑中的中学生，父亲的安慰是："你想得太多了……就做你自己好了。"

这一定让他的孩子感到失望了，因为他的回答是："这怎么可能呢？我没有办法做我自己。"

这对父子的区别在于，父亲说的是"做"。而孩子，还在为那种被否定了的独特性而挣扎，他没弄明白，其实他真正想说的恰恰是"成为"。

他身上未能成就的激情弄疼了他。

怎么说呢，我一直觉得，所有的抑郁问题其实都和激情有关。

有一段时间，我仔细看了哲学家笛卡尔的《第一哲学沉思集》，里面谈到精神和物体的区别。而激情问题则是身心关系的一个具体难题。当时的伊丽莎白公主因为面临复杂的政治和生活环境，经常受到悲伤等不良情绪的影响，身体健康受到损害。作为好友，笛卡尔给她提供了一些建议。比如，尽力避免思考那些令人感到悲伤的事物，放松自己的精神，多去关注大自然中的一些有趣的现象。

但是，公主回答说，这些方法并没有笛卡尔想象的那么有用。

因为“有些疾病完全可以脱离理性的掌控力量，而使我们不能追随良知为我们制定的行事准则，使我们极为轻易地被一些激情所带走，从而更加受到无常命运的影响。”由此，公主对笛卡尔说:“希望你对激情做出界定。”

我忘了笛卡尔是如何回答公主的这个问题的。但对于我来说，至少在形式上，我认为激情会在两种状态之下喷涌出来，无法抑制。一种是原生的；另一种则发生在曾经的抑制过后。这样的表现方式多多少少我在书本上看过，在现实生活里又恰如其分地得到体验——这恰好发生在我和重生的初次相遇，以及几个月后的再度重逢之中。

2

那一天，离开丽芳和重生的午餐以后，我回到了自己的公寓。

我斩钉截铁地默念着自己即将去做，也一定能够做到的事情：第一，不接重生的电话；第二，当他连续不断地拨打我的电话，说他要来看我，一定要来看我，我将无比坚决地做出回答：不！……然而，真正发生的事情是完全相反的。

那天晚上，我做了整整一夜的梦。我梦见整条巷子都在下雨，我穿着墨绿色的雨衣，行走其间。雨水顺着帽檐往下，在我的身体周围汪洋成为一片。路灯也是墨绿色的，有一个瞬间，如此清晰绝对不是梦境，我看见一只绝望的飞蛾，在雨雾里颤抖，扇动着沉重的翅膀……

醒过来的时候我大汗淋漓。

大约十分钟以后，初醒的城市里出现了一个奔跑的女人……是的，这件事情是如此离奇而不可捉摸，这件毫无逻辑的疯狂之事竟然让我如此快乐……我要穿过小半个城市，去见重生；我要把那道吱嘎作响的木板楼梯踩在脚下，我要不顾廉耻地出现在他的面前……

“我要同时给你玫瑰和刺。”

不知道为什么，我突然想起了这句话。是的，我要同时给你玫瑰和刺，因为在自然界里，植物就是这样生长的。

3

灵魂可以自己拥有自己的快乐。但是与灵魂和身体都有所关联的快乐，就完全相关于人们的激情了。

我不得不承认，与重生再度相逢后的那段时间，是如此的美妙而让我沉迷。

真正的快乐在于禁忌之事，在于与并不属于自己的事物耳鬓厮磨、缠绵悱恻……抑郁的瞬间具备这样的幻想的特质。这也类似于旅行的某种质地——旅行不仅仅是把我们带往远处，还使我们在社会地位方面上升或降低一些；它使我们的身体交换了空间，同时，无论是好是坏，都使我们脱离了自己原来的阶级脉络……

人性的最深处，就是拒绝安分守己、待在原处。

在那种打架般恐怖而强烈的感觉稍稍平息之后，我和重生开始真正地聊天——我当然知道，这同时也标志着另一种亲密与危险的开始。

我们小心翼翼地说到了丽芳。

“丽芳来过几次我的诊所。”是我先开口提及的，“她好像有一些睡眠问题。”也不知道是不是故意的，我避开了药物这个敏感的问题。

“嗯，我年轻的时候看过一部电影，名字叫‘猜一猜，今晚谁来吃晚餐’。”重生仍然俏皮地一带而过。

“一位反对种族歧视、提倡自由平等的父亲，当女儿把黑人男朋友带到面前的时候，却傻了眼。”我紧接着他的话题。

“不同的是，我们相遇在午餐时光。”重生朝我眨了眨眼睛。

“你……喜欢意外吗？”我问。

“有些意外，真的是非常好的。”重生回答道。

通常来讲，谈话会以这种跳跃而又有言外之意的方式进行。只有一次，重生仿佛陷入了一种冥想的状态，半是述说、半是自言自语地道出了下面这段话：

> “绝大部分时间，我比丽芳晚睡。她总是先回卧室洗漱，而我则留在客厅里继续看一会儿电视。电视的声音很大，与此同时，洗手间里断断续续地传来水声。后来，水声停止了，电视的声音仍然很大。我总会在屋顶花园里坐一会儿，有时天上有个月亮，有时没有，有时淅淅沥沥地下着小雨……还有一次，我在花园里待了很长时间，因为开始的时候我发现天上飘起了雪花，而到

我回卧室睡觉的时候，整个花园已经白茫茫一片了。

我静静地听着。

“我总是摸着黑回到卧室。”重生接着说，“我把药藏在丽芳的梳妆柜里，倒数第二个抽屉的角落……我取出药，在黑暗里吞下去。”

“你吃药？你也抑郁吗？”我吃惊地看着他，脱口而出。

4

丽芳仍然断断续续地来我的诊所。

有一次，我刚和重生分别，有点疲惫地赶回，远远地望见丽芳正在小巷深处徘徊。

我在诊所的洗手间里磨蹭了很久。重生用的是一种木香韵调的香水，交错着晴日里雪松和橡树苔藓的味道。在那天接下来几乎所有的时间里，我下意识地觉得，这种强烈的气味一直黏附在我的手臂、颈项、胸口，以及身体的每一个部位。

那天，和丽芳说话的时候，我刻意地与她保持着距离。然而，很快我就注意到，丽芳说话的语气和脸上的神情，显示出她仿佛并没有在认真和我说话，她仿佛沉浸在一种很深的思绪、回忆，或者斗争里，更像是在自言自语:“就像我上次对你说的，我一直在吃药，好几年了……后来，很偶然的，我才知道重生也在吃药，而且我们两人吃的是同一种药……我们一直相安无事，至少表面上是这样……你知道的，在通常的情况下，这种药物总是能够让人保持平静、理智，虽然有些时候我会感到疲惫、困倦，甚至麻木，但是，真的，我们已经习惯了——你明白我在说什么吗?”

我深深地吸了口气。

“我明白。这种药确实是这样的。有些人服药一段时间后，情况会好转，可以减量或者停药。但绝大部分人要持续用药，在某种特定的情况下甚至需要加大剂量。如果突然停药，身体将会产生一系列的副作用和幻觉。至少，在医学上是这么阐述的……”我停了下来，在一个比较遥远而安全的距离里端详着丽芳。

丽芳听着，沉默良久。

“你们结婚多久了?”过了一会儿，我打断了这种沉默。

“十年。”

“这是你怀的第一个孩子?”我听见自己声音干涩，仿佛被烟呛了。

“刚结婚的第一年有过一个，但是很可惜……从那以后，就再也没有怀上过。”

“你们……难道不想要这个孩子吗?”我的身体不由自主

地抖动了一下。

“我还没有决定……我的意思是说，我还没有最终决定是否告诉我丈夫，关于这个孩子、这个意外的孩子……现在一切都是乱糟糟的，完完全全乱糟糟的。自从停药以后，我变得很难控制自己的情绪。而且，最近这个阶段，我发现我丈夫的情绪突然也变得很奇怪，很不稳定……”

我觉得丽芳正若有所思地注视着我。她的眼睛，她若有所思的灵魂，她豁然开朗的愤怒。当然，这一切并没有真的发生。她只是再次把身体的重心向我这里倾斜过来，就像她第一次来我诊所的时候一样。她把她的信任和依赖向我这里倾斜过来。她的声音变得有点轻，有点僵硬，尾音还稍稍有些颤抖，“我今天来，其实就想问你一件事情……”

“什么?”

丽芳重重地抿了抿下嘴唇，“我想问，在我完全做出决定以前，有没有一种可能性，比如说，我还能继续吃药，或者……减少一点剂量?”

“不可能……这是不可能的，你不能再继续服药了。为了……不管为了什么，你都必须彻底停药。听到了吗?！彻底停药!”

我有点歇斯底里地把这句话说了出来。我听见自己的口气很坚定，异常坚定。我说话的声音也比正常的时候高了一到两个音阶。在桌子底下，我的手紧紧地捏成了一个拳头，我的脚死死地抵住了地面。仿佛，我必须要找到一种平衡和力量，说出我刚才已经说出的那几句话。否则，就会有另外的非常可怕的事情要发生了。

终于，幸好……我还是把它们说出来了。仿佛就是再晚一秒钟，我也立刻就会改变主意一样。

5

有那么一两次，重生在我床上睡着了。

雨从清晨就开始下了。一过正午，光线便有了一种微妙的质感和厚度。在睡梦里，重生微微地皱着眉……当我隔着很近的距离看他的时候，我甚至可以非常清楚地看到他鼻梁边的毛孔，下巴靠左边的地方一颗很小的灰痣，还有很轻很轻，几乎如同叹息一般的鼻息声；但是，也有一些瞬间，我坐在沙发上抽烟。从我坐的角度看过去，蜷缩着的重生是如此安静，寂然无声。那个时候他更像一种物，一种被无形的力量带到我身边的物体。他可以是没有生命的，没有温度、没有声音、没有体积……一无所有。然而，当他突然轻轻翻身的时候，即便隔着很远的距离，仍然有什么东西牵动到了我的身体。如此强烈而确定，带着撕扯般的疼痛。就像有一次，我看到一个头发柔软的三岁小女孩，她是如此依恋着她的母亲，她甚至在公开的晚餐时分要求母乳……

我一直记得她那张挂满泪珠的小小的脸，颤动的嘴唇，哭得撕心裂肺……只要这样，就要这样，没有什么是不可以的。

是的，在那一个瞬间，我想到过永恒。

五、 有人将至

1

在我和重生重逢后大约一个多月，有一天，我接到了他的一个电话。

他约我在学校钟楼后面的一家小咖啡馆见面……这多少有些出乎我的意料，其中还夹杂着淡淡的失望。在走向那片树荫浓密的香樟树林时，我突然意识到，我其实已经习惯并且贪恋着与重生的幽会。我知道，他对我感情渐深；与此同时，几乎每次，重生在我那里匆匆沐浴过，用电吹风小心地吹干头发（他从来不用我那带有浓烈蜂蜜气味的沐浴乳），虽然略带疲惫，然而重新衣冠楚楚地向我告别时……我总是心情复杂地私下猜想——当重生回到丽芳的身边，从我这里，他带回了温暖和性的慰藉（有一次重生说漏了嘴，说丽芳近来很久没有和他同房）。或许，另外，还有一些隐匿心头的愧疚。而从心理学的角度，愧疚直接指向的是另一种温柔和怜惜。

我得承认，这样的想象经常让我心生不快、黯然神伤。

那天的香樟树叶齐整而灿烂地在午后的阳光中绽放。在斑驳的枝叶与枝叶的光影里，我看到重生正在林荫路上焦急地来回踱步。虽然光线充足，天空蔚蓝，但远远望去，重生好像突然变瘦了，变黑了。

重生先开口说的话。他的眼睛望向旁边一位手里抱着一大堆书的戴眼镜的男生，"最近，你见过丽芳吗？"

我一愣，稍稍犹豫一下，回答道："是的，她来过一次我的诊所，大概……就在上个星期。"

重生的身体在晃动中向我这边倾斜过来，"她……对你说什么了吗？"

我试图在光影的晃动中找寻重生的眼睛。

"哦……是这样的，我觉得……我觉得丽芳最近的情绪不是很稳定，有时候好像还挺糟糕的。我知道……她信任你。"重生说。

我听到自己说话的声音很慢很沉，就像一种很钝很钝的心跳声："她说，最近她的状况不太好，睡眠也不太好。"

重生点燃了一根烟。在我的印象里，这好像是重生第一次在我面前抽烟。

“我真的不知道这是怎么了，最近，她整个就像变了一个人。”突然，重生把刚刚点着的烟往烟缸里一掐，灭了。一阵焦煳味弥漫开来。

“变了一个人？……”

“是的……”重生张了张嘴，想说什么，终于还是没有接着往下说。

“她——以前是什么样的？”我听见自己的声音有一种空洞的回声；我还模模糊糊地看见一个小小的影子，它蜷缩在那里，微微晃动着。那是一个正在长大的婴儿。

“以前，至少她表面上还是安静的、理性的。当然，很多人都和外面表现出来的不一样，完全不一样。我和她也是这样的。我一直在吃药，其实她也一直在吃药。但不管怎样，我们的婚姻生活是平静的、有秩序的……”

我直勾勾地盯着重生的眼睛。

他很快闪开了，并且垂下了眼睑。

“但是现在，特别是最近一个阶段，不知怎么了，她每天都在抱怨、哭、吵架……就像疯了一样。我几乎是和一个疯子生活在一起。真的，我都快要受不了了。”重生重新点燃了一根烟。这一次，他没有很快把烟掐灭，而是缓缓地抽了起来。

“她……知道我们的事吗？”我轻轻地，仿佛是随口一问。

“不知道，当然不知道。”重生有点惊讶地瞪大了眼睛。

“你确定吗?”

“当然，当然……我想是这样的。”

就在这时，钟楼那里传来了晚课的钟声。一只灰白羽毛的鸽子停在窗台上，想着自己的心事。三三两两地，有穿着校服的学生跑进咖啡馆，叽叽喳喳地争着购买饮料。

那天一直是重生在说话，抽烟、说话。后来我也抽了一根。然而带着温度的烟雾也并不能融化我脸上的霜色。

后来我起身告辞。重生送我到香樟树林的拐角处时，我突然停了下来，问了重生一个问题。

“你现在还按时吃药吗?”我说。

“当然，一直按时吃的。”重生未加思索地回答道。

第二个问题是横空冒出来的。我没有加以阻止。当它生硬地冲出我的喉咙时，已经深深地刺痛了我。

“你——爱丽芳吗?”

远远地，一只灰白羽毛的鸽子停在草坪上。在我模糊的眼光里，我不太能分辨，是否就是刚才停在窗台上的那一只。

那天晚上，原先讲好了重生会来我的公寓，然而他并没有出现。我想他可能是忘了，或者是因为其他什么原因。我洗完澡，湿漉漉地躺在床上，看着天花板上那个并不转动的风扇。

下午那个场景仍然固执地出现在那里。

“你——爱丽芳吗？”我问重生。

他整个人震了一下。仿佛刚才我问了一个极其奇怪的问题；仿佛这个问题他确实应该再想一想，他其实是非常感谢我问了这个让他不得不仔细再想一想的问题的。

2

接下来有整整一个礼拜，重生没有和我见面。

那个礼拜连着下了七天的雨。在那七天里，仿佛世界上所有的病人都被狂风暴雨赶出了家门，来到了我这里。

有一个中年人告诉我，他是外省人，并且，他还是一个酒鬼。

“我是一个晚上永远睡不着的人。”他坐在我对面，戴着一副浅色墨镜，微微地笑着。

他说话的时候，即便隔得那么远，我仍然能闻到他嘴里的酒气。

他告诉我，他喜爱酒精的理由其实非常简单。因为人只有醉着的时候才是真实的，身体和灵魂完全打开、完全放松，“整夜燃烧”。

“但是——每次当我清醒过来的时候，总是感到忧郁，加倍的忧郁。”说这话的时候，隔着他的浅色墨镜，他的眼神仿佛真的变得忧郁了起来。

我又和他聊了会儿。直到临走的时候，他隔夜的酒仿佛仍然没有醒。在半醉半醒之间，他非常友好地对我说：“以后，如果有机会，请你喝两杯？”

还有一位失恋的女孩子。她和我握手的时候，我注意到，她的手臂内侧有着玫瑰和蛇图案的文身。

她的疑惑在于，并不是她失去了某个具体的恋爱对象，而是——她一直在寻找她曾经拥有过的那种美好的迷狂的恋爱记忆。

“我一共交过三个男朋友，我最爱他们的时候就是他们离开我的时候。总是这样。如果我足够疯狂，想要重温那种迷醉而痛苦的感受，那么，在以后的恋爱中，我就必须要离开我的恋人，或者迫使他离开我；但是如果我真的离开了他们，或者迫使他们离开了我，他们就只是感知中的给予我记忆的人，而不是现实生活里有血有肉的恋人……”

她像说绕口令一样地述说着。

“这是一种病吗？”最后，她困惑地问我。

……

这是让我极其困惑和痛苦的一个礼拜。因为，我突然意识到，在我的职业领域，那些最有意思最深刻的问题，其实是我根本无法回答与解决的。而重生，也随之成了我生活本身的一个巨大的谜团。

现在，他究竟在哪里？

3

几天以后，又是一个接近下午五点的黄昏。

当我送走那天最后一个病人，这时，传来了轻轻的敲门声。

我飞奔到门口——

门外站着的不是我朝思暮想的重生，而是另一个人……丽芳。

“我和重生是在十年前结婚的。”

这一次，在我那张极其松软，希冀于我的病人将会因此失去意志力的控制，倾诉出他们所有人生秘密的沙发上，丽芳相当平静，甚至还有一些舒展地坐在那里。

“嗯。上一次，你已经告诉我了。”我尽量地表现得平静而专业，并且面带微笑。

“我们是大学同学，一个学校，不同的专业……我们谈了半年恋爱就结婚了，因为彼此都觉得，再也遇不到更合适的了。”

“为什么再也遇不到更合适的了？”我追问了一句。

“难道不是吗？……那个时候，那个年龄，觉得生活就是这样的。”丽芳意味深长，或者其实只是毫不经意地看了我一眼。

“后来呢？”

“后来，有一阵子，我们开始经常吵架……就像每对夫妻都会经历的那样。两个人生活在一起，可不是件容易的事，特别是我和重生这种受过点教育的人……呵，不好意思，我希望你不会误解我要表达的意思？”丽芳稍稍停顿了一下，仿佛她自己也在思索着刚才这番话的意思。

“是的。我能理解。”

“事情就是这样开始的，我们不断地吵架、相互指责。性格上的不同、婚姻里的积怨、旧伤疤……终于有一天，我发现我病了，非常严重地病了。那天晚上，我站在公寓的屋顶平台上，突然觉得天地都在摇晃。那个时候我有一种强烈的冲动，我想再往前跨一步，就是那么一步……如果不是在最后的关头抓住了那棵紫藤树……”

我倒吸了一口冷气，“重生知道吗？”我问道。

丽芳重重地摇了摇头，“不知道，他什么都不知道；就像关于他的一切，我也一无所知一样。我们分别在看医生，分别在吃药，分别是最后一个知道对方也在生病的人。就这样过了一段时间，我们都分别变得越来越平静，越来越理性，慢慢地可以相处了，事情看起来好像也没有那么糟糕了……”

就在这时，我的眼光被丽芳的手指吸引了过去。就在她左手的无名指上，戴着一颗闪闪发光的戒指。我完全不记得，以前是否在丽芳的手指上看到过这样一枚闪闪发光的戒指。

而丽芳还在继续着她的述说:“后来的事情你就已经知道了。有一天，他喝醉了酒……没过多久，我突然发现自己怀孕了。”

“对不起，你稍等一下。”

我忘了当时具体的情形究竟是怎样的。可能是我非常不专业地打断了丽芳的述说，让她“稍稍等待一下”——因为我忘了一件重要的，必须立即处理的事情,“我马上就回来”,我说。也有可能我躲进了洗手间，也就那么两三分钟的样子，以平复一下心绪……后来，我重新回到了我原先的位置，再次面对丽芳。

丽芳则一如既往地沉浸在她的回忆和叙述中。

“发现怀孕后，我就停了药。开始的时候，那种感觉太痛苦了，实在是太痛苦了——我完全控制不住自己的情绪，我冲着重生发脾气、哭，有时候还打他……他也控制不住自己，更别指望他能来安慰我了。所以说，我一直犹豫着，一直没有打定主意，是否要把这件事情告诉他，是否要让这个孩子出现在我们这种奇怪而不稳定的家庭关系之中——但是，渐渐地，我发现这其实也是一种释放。那种被药物催发的平静和理性被彻底打破了。就在昨天晚上，我和重生又大吵了一架……”说到这里，丽芳突然眯了下眼睛，仿佛正在述说着一件令人陶醉的事情。

“我哭得撕心裂肺，自从开始吃药以来，我已经太久太久没有这样痛痛快快地哭过了。我一边哭一边说，把所有憋在心里的事情全都说了出来……积怨，误会，冷漠……后来……”

“后来怎样了？”或许是微笑的时间长了，我脸上的表情变得有点僵硬。

“后来重生也哭了。但是，这世界是多么奇妙呵——”丽芳把呵字拖长了一个音节。

“什么？”

“我突然发现……我竟然还爱着他。”丽芳非常真诚，并且充满了感情地继续说道，“你知道，我是多么地感激你啊。”

4

两天以后，我再次见到了重生。

“你的脸色很不好。”在迫不及待地拥抱了我以后，重生有点狐疑地端详着我。

我微微笑了一下，并没有回答他。

那天我完完全全地放纵着自己的灵魂和身体……我觉得重生也是如此。那些暗黑色的叶片再次齐刷刷地向我涌来，那些扑向礁石的海浪，缠绵而又恐怖的海藻……这是我与重生在灵魂与肉体上如此契合的一部分，那一部分是无忌而敞开的。我们从第一眼就直觉地看到了对方的伤口，浑浊、斑斑驳驳触目可见的杂质。就像一种自我攻击般的异物，我们一次又一次地扑向对方。相爱，伤害。

在黑暗中，重生是看不到我的眼泪的。但他应该可以听到我很轻很轻地问他，就如同很轻很轻地询问我自己："你——是不是寂寞了？"

5

我最后一次见到重生，是在邻街花店的周末采购时分。

还记得那束银柳吗？那束放在我诊室桌上的银柳，它先是安静地冒着细芽，接着又疯狂地长出了又粗又长的叶子。那种旺盛的长势是如此的不真实，几乎让我有种心惊胆战的感觉。然而，在一个雨天的清晨，当我打开诊室的大门，终于发现它毫无预兆地凋萎了。

我在花店里徘徊着。因为我总是希望能够找到一种长青的，并且不用经常伺候的植物。那束曾经让我看到过希望的银柳多多少少令我有些沮丧。

我听到有人在叫我的名字，扭头一看，是手里捧着一大束百合的重生……丽芳在他旁边，挽着他的臂膀。

重生居然有点长胖了，脸上亮亮的，泛着光泽。

“好久不见了呀！”丽芳有种雀跃般的兴奋。

“好久不见了……”我说。

“你好久没来图书馆了。”重生小心地把花束朝胸前靠紧一些，“最近来了一批原版书，里面有几本你会很感兴趣的……”

我有点走神地看着重生手里的百合花。

“对了，还有件事要告诉你，我和丽芳……”

我努力调整着脸上的表情，耐心地等待着。

“我们有了一个孩子！”丽芳把话抢着说了出来。她还悄悄朝我挤了挤眼睛，仿佛在与我分享一个甜蜜的秘密。

“这多好呵！”笑容在我的脸上荡漾开来。我分享着他们的喜悦。

我重新买了一束银柳带回诊所。

和以前的那束非常相似，很多小嫩芽正从枝丫的关节上冒出来，鲜绿的，毛茸茸的。这或许也是我挑选它的唯一的原因。

黄昏慢慢降临了。我打开写字台的抽屉，里面放着一本枯玫瑰色封面的日记本。我拿出来，轻轻翻开。前面大概有二十来页的样子，上面写满了字。

“……重生……”

我听到页片掉落的声音，就像那天咖啡馆外面灰色羽毛的鸽子。它飞翔的动作很慢、很抒情，以至于我很久都没有把它忘记。

我再也没有见过重生。

一个形而上的下午

形而上的艺术，表面上十分宁静，但给人的感觉，却像是在宁静中会有什么事情要发生——基里科

1. 人物

离家以前，我把手里那套《三体》又翻了一遍。

这是我买的第二个版本的《三体》。说实话，我并没有从头至尾真正看完过。然而科幻这件事情……仿佛自有某种魔力在吸引我。诺兰的《星际穿越》我前后看了三遍，并且仍然有想看第四、第五遍的欲望。然而他的《敦刻尔克》我却并不是很喜欢，或许是因为后者没有辽远想象空间的缘故。而这，也确实是科幻潜在的好处。

几乎没有任何体系的科幻知识告诉我，从低维空间进入高维空间十分困难，但从高维空间回到低维空间则相对容易。适应了四维空间并掌握了相关技能的我们，如果再次回到三维空间中，我们甚至可能会成为传说中的某种“神”——这种神灵可以做到瞬间转移、穿墙而过等从来想都不敢去想的高难度动作。

而当那个时代真正到来时，我们就无须再为一些小事而烦恼。比如说，离家时忘带钥匙，因为那时我们可以穿越墙壁回到家中。再比如说，城市繁忙的交通系统也不会再令我

们焦头烂额，因为我们已经具备了“飞”的技能。

其实在文化史上，中国人很早就领悟到四维空间的存在。就像我的一位画家朋友：陈如冬，我就经常怀疑他是隐藏在我们中间的科幻人物。陈如冬的画室在一处中式庭院里，屋外是流动的四季，屋内，可见山、水、树、花、石和房子的一角。陈如冬喜欢着长衫。按照道家的原则，流动之道，中国人可以不受石墙所限，无拘无束地出入世界，在自然间移动……所以我经常感觉，陈如冬会在我们不经意时，藏身于花影或者墙角的暗处。

他窥视并且了然一切。

所以从这个意义上来说，对于中国人，科幻这种东西真是非常小儿科了。

我们中间还有一位朋友也具备验证四维空间存在的能力。他是一位名叫车前子的诗人，车前子是一味中药，也是他的笔名。有时候我们叫他车前子，有时候叫他的原名顾盼，还有些时候，我们把他称为老车。

老车与四维空间的关系比较特别一些：在于他的眼睛。中国人有一个词叫“慧眼”。通过它，我们不仅可以了解他人内心的想法，有时甚至还能看到远处正在发生的事情。更为厉害的是，慧眼还能帮助我们看到未来事件。对于未来将会发生的不好的事情，我们可以人为修改它的轨迹。

至于故事里的另外三个人：我，画家夏回，以及艺术家易都，我们都是凡人。

2. 聚会

那天下午，我们这几个人一起参加一场聚会。

易都要办摄影展。他叫来车前子、夏回，还有我，为他选出参展作品。原计划陈如冬也要来，但他那天恰好身有小恙……然而事情另有机缘，陈如冬最近抱养了一只白色流浪猫，是只有着忧郁眼神、诗人气质的流浪猫。这猫也恰巧病了。最后一个恰巧在于地理上——就在易都工作室隔壁，有着全城最好的宠物医院。

我是写字为生的。所以总想在每天都适时适理地记录点什么。而那天我想做的，则是上世纪八九十年代相当流行的事情：在写小说时使用现实生活中的真实姓名。二十多年以前，现实与艺术，或者现实与文学常常混淆不清。比如，当时确实有很多漂亮小姑娘爱上了贫穷诗人、落魄画家，并且还要死要活。很多老照片旧影像纪录过类似的场景。可见那时确实存在一种精神至上的可能。而在这种可能性的笼罩之下，虚构的小说与真实的艺术家名字，就如同水乳交融的关系——这种关系一定曾经是如此的深入人心，以至于那么多年过去了，竟然还有人想往事重温，从头再来一次。

宠物医院的橱窗外是一棵硕大的蔷薇树。

那个春日下午，当我们在怒放的蔷薇树下集合时，感冒发烧的陈如冬没有来，陈如冬的白色流浪猫来了。是夏回去抱来的。夏回信佛，严格来说那也不是信佛。“凡是见庙、见菩萨，我都会进去拜一拜。”夏回是这么说的。我相信这也是一种信佛的方式，非常简单又相当高级。因此当夏回抱着那只猫远远出现的时候，春日暖阳映照在夏回的光头上，映照在白色流浪猫圣洁而凄迷的眼珠上，几片蔷薇花瓣迎风飘落，世界呈现出和谐与平衡的一面。

那天的气温大致在摄氏二十六度左右。来自太平洋的暖湿气流与南下的冷气流相遇形成了短暂的准静止锋。

我们注意到易都戴了一只薄薄的白色口罩。他给予的解释是：自己前几天刚从外地回来，零零星星地，听说最近有种传染病正在蔓延开来。

于是我们都笑了，说如果你一直戴着口罩，我们还怎么和你谈论艺术呵。

易都也笑了。他把口罩取下来。只留一边的绳子挂在耳朵上。

车前子抬头看看天上的太阳，说其实这几天也感觉喉咙疼，原本想着让易都改期，但他今天一早看过星盘，掐指一算，“觉得还是动一动为好。”

3. 笑话

易都工作室里有一张大桌子，一只三人沙发，另木几三五。

我们围桌而坐。

在易都展示完他所有的备选作品以后，我们略微沉默了一会儿，然后纷纷表态。

“这些有裸体的部分是不能选进去的。”夏回说。

但是——且慢，这句话又好像是我说的——“这些有裸体的部分是不能选进去的。”我听到房间里回荡着这样的声音。因为很显然，有裸体的部分即便选进去了，也不可能展陈出来；就如同我写字的时候，已经非常自然、本能地要去回避一些故事以及细节，否则这本书就将永远无法出版。

然而事情存在着悖论。因为易都的作品里精彩的大部分都有裸体。艺术家大部分不太喜欢生活本身。他们喜欢生活往上的部分，或者干脆往下——更形而上一些，或者更肮脏本质一些。

所以说，如果不能选裸体，其实就等同于不能选易都最好的作品。这种选择的本身将是非常痛苦甚至无聊的。当然，痛苦常常总是凡人的痛苦。

车前子仿佛并不很痛苦。他甚至抓住这个沉默的空当提了个建议：

“让我们先来讲几个笑话，放松一下吧。”车前子说。

我先说了一个。

“有一次，我问大家，如果来生可以选择，你愿意成为哪位艺术家？易都回答得很干脆，不做艺术家！而老车说，愿意做塞尚或杜尚。只是因为——这几个汉字组织在一起好看！”

大家高兴地笑了。

“下面我来讲一个吧。”车前子说，“在二十世纪六十年代早期。尤里·加加林，你们应该都知道他吧，就是那个世界第一宇航员——在造访完太空之后，尤里·加加林受到了尼基塔·赫鲁晓夫的接见。他坚定地告诉赫鲁晓夫：‘同志，你知道，我上天的时候，看到有上帝和天使的天堂——基督是对的！’赫鲁晓夫冲他嘀咕：‘我知道，我知道，但保持沉默，别跟任何人讲！’第二个星期，加加林造访梵蒂冈，受到教皇接见，他郑重地告诉教皇：‘神父，你知道，我上天的时候，发现那里既没有上帝也没有天使……’‘我知道，我知道，’教皇打断了他，‘但保持沉默，别跟任何人讲！’”

这回没有人笑。大家突然都沉默了起来。

“现在，你们有何感想呢?”车前子的笑看起来有一丝狡黠。

“我觉得没必要再挑选参展作品了。”易都说。

“摄影展也不用办了。”我说。

“我不会再当什么艺术家了。”夏回接着讲:“可以改行去做和尚。”

“是呵，可以比见庙就拜更进一步。”我补充道,“不过，好像也没有什么意义。”

“我和你们不一样，我觉得我什么都可以干了。”车前子闭了闭眼睛，又睁开，接着说:“我还知道一件事情——”

“什么?”

“在我们中间，有一个，或者两个人在撒谎。”

4. 谁是撒谎的人

撒谎的人有可能是我，或者是夏回。

很久以前，我在北京鲁迅文学院和一帮作家朋友玩杀人游戏。我总是输。所以后来我就完全失去了玩的兴趣。输的原因是我不太会撒谎，但这并不表示我没有撒好谎的意愿。而那也是一个春天，我们住的地方有很多白得像鸡蛋壳的玉兰花。然后，到了晚上，我们常常会被召集起来。“玩杀人游戏了！玩杀人游戏了！”

杀人游戏的全称叫《天黑请闭眼杀人游戏》，很多时候，召集人是张楚。不是那个唱歌的张楚，而是写小说的河北唐山人张楚。杀人游戏的基本规则也是他教我的。大家分别以抓阄的形式（如同命运），被赋予法官、杀手、警察以及平民（群众）的身份。其中法官是控制游戏进程的人，明确每个人的身份，但同时要做到绝对公正。警察与平民属于好人方，以投票为手段投死杀手获取最后胜利；而杀手隐匿于好人中间，靠夜晚杀人及投票消灭好人方成员为获胜手段。

每次抽签，我不管抽到杀手、警察或者群众的身份都会非常紧张。因为这个时候，只有反向操作自己的身份，才有可能保全自己，以及杀死敌人。这就需要高明并且有效地撒谎；只有抽到法官的时候会稍稍安心一些——然而，一场法官领导的愚蠢游戏也是让人意兴阑珊的。

在我的回忆里，每次游戏，张楚几乎都会在胜利的一方。张楚厉害的部分是，他能同时在不同维度穿梭——同时成为软弱的警察、善良的杀手，以及怒目炯炯的平民。他就是不像自己。所以他也就是自己。

王凯和王甜本身的职业就是高级警官。所以他俩看来看去都像警察。这让他们的身份变得如同无间道般扑朔迷离以及更为接近最终的真相。

鬼金那时还是吊车司机的身份。但悬在半空的他，却有着深厚得如同地母的气息。

鲁院的后半段时间，很多个晚上，还是经常能听到张楚的召集声："玩杀人游戏了！"但我就很少再参与。北京的天很蓝，我看着窗外那些白馒头一般的玉兰花，突然想到一个问题：其实我们撒谎的时候，只不过是在另一个维度看着自己。

所以说，那个春天的下午，易都工作室的聚会，我觉得陈如冬是不会撒谎的。首先他根本就没有来到现场。当然，我们可以说那只猫就是他的替身。但是，我记得有一次，他突然说起他故去的母亲，说有天晚上梦见她了。仿佛是在水边，那水自然地分成清流和浊流。所有的清水流进来，所有的浊水流出去。

车前子也不会撒谎。因为在四维空间里，根本就不存在谎言。谎言与真理，在拐弯、扭曲、变形以后总是会再度相逢，甚至彼此解释。

谎言只存在于凡人中间。而易都，是一位不会撒谎的凡人。这是有一次我和夏回私下聊天时的结论。

绕来绕去，可能撒谎的人只有两个：我，或者夏回。

5. 让世界变得模糊不清的雪茄

夏回说话的时候，嘴里叼着一根哈瓦那雪茄。

城里很多艺术家的工作室里都存着雪茄。他们经常一边抽雪茄，一边吞云吐雾地谈论艺术、生活或者虚无。抽雪茄的人都有点像撒谎的人。雪茄烟让世界变得面目不清、界限模糊。

有一次，夏回的光头从雪茄烟雾后面探将出来，他突然对我说，“我觉得你身上有大概十分之一左右的捷克血统。”

这当然让我大吃一惊。因为我根本没有去过捷克。但夏回的这句话，让我意识到，我身上有不确定的东西，甚至可以探究到前世今生那样的程度。这件事情的有些部分让我高兴，因为我喜欢的俄罗斯白银时代诗人阿赫玛托娃，她就自称有蒙古人的血统。而法国女作家杜拉斯据说也有东方血统……换一个我们今天讨论的话题，也就是说，她们都是多维度的人。

我也会经常建议夏回出去转转。夏回的大写意水墨花鸟颇有异相。我觉得如果能再去广阔天地里兜兜转转，则更会有令人瞠目结舌的成就。

我是这样苦口婆心劝导夏回的：“你应该出去走走，比如在某处地方旅居一段时间。真的，你会了不得的。”

夏回有时候会不高兴。因为他觉得有些人跑遍全世界，其实什么也没看到；他也一直觉得我们生长的这个城市是世界上最好的地方。

后来，我又举另外的例子——据说在这个世界上存在两种类型的艺术家。一种迈开脚步热切地奔向户外；另一种，则安静地坐在书房画桌前面，等待着整个世界向你奔涌而来。

我不知道夏回到底听清我的意思没有。很可能没有。因为归根到底，我其实一直也没有说清。但就在刚才，突然之间，我明白自己究竟要说什么了。我真正想对夏回说的是："我觉得你身上有大概十分之一左右的斯洛伐克血统。"

夏回在画室里等待世界的时候，不停地抽着雪茄。

在世界艺术史上，有很多艺术家或者艺术家的形象都是与雪茄有关的。比如，毕加索。据说毕加索生出来时曾被怀疑是个死胎——这个细节也是夏回有一次随口说出来的。后来我去查了一下资料，发现事情确实就是这样。而且在毕加索出生前的那个冬天，他的故乡马拉加就开始出现了很多奇异的景象……最终，伟大的毕加索出生于 1881 年 10 月 25 日的晚上。他一声不吭，以至于接生婆以为是个死婴……后来，是毕加索的叔叔突发奇想，用雪茄的烟气喷醒了他……

平心而论，我是很喜欢毕加索的。所以当车前子“如果有选择，要成为塞尚或者杜尚”的时候，我的选择其实就是毕加索。

车前子认为“毕加索还是简单的”。我相当同意——毕加索就像一座明亮的灯塔；他正好满足了公众对明星的要求，而这种角色能维持很长的时间。与此同时，毕加索又相当任性，甚至动不动就会大哭一场。出生时那场迟来的大哭就不说了，后来，当他已经小有成就，有天晚上却又大叫着想自杀，理由是有了摄影技术，作为画家的他还不如自杀算了。

当然后来毕加索并没有死。只是他画笔下的屋顶开始变长了。人像的头分裂成很多块面。女性的身体部分，手指恐怖地变粗、手背变厚，有些则像一根细木棍上挂着两片树叶和几只苹果。

关于毕加索的问题，抽雪茄的夏回倒没有多说什么。在很多事情的观点上，他和车前子之间有一种奇怪的默契。有些时候像镜子，还有些时候，则像镜子裂开后满地闪闪发亮的碎片。

6. 实验一：塞尚的谎言

后来易都就把口罩摘下来了。因为既然我们几个都不戴口罩，只是他一个人戴着，这多少是有点怪异的。

他把摘下来的口罩挂在临靠运河的那个窗口。在窗外吹来的习习微风中，惨白的口罩飘来荡去，最终凝固在那里。如同一个静物。

我们都盯着那个作为静物的口罩。

车前子喜欢的艺术家塞尚擅长画静物——他看了看我手里拿着的一只苹果，又看了看挂在窗口的那个口罩，突然聊起了这样一个话题：

“比如说这只苹果吧，你们觉得，如果塞尚看到了这只苹果，他会怎样来画呢？”

我最近正在看关于塞尚的书，所以插话道：“大概是这样的吧，古典主义画家的传统，是画出一个形式完美、线条清晰严整的苹果；而印象派则呈现模糊不清的块面。至于塞尚——”我停顿并表现出一言难尽的感受，其实也就是塞尚带给我的感受。

“这么说吧，塞尚是这样一类画家，他希望能把空气、河水和云雾画出轮廓。”车前子平静地说出了这句如同石头一般的话。

“你的意思是，塞尚本质上是一个实验者？”我试探地问道。

“他也并不是一般概念上的实验者。”车前子继续说：“有人看到一只苹果，要把它画得更像一只苹果；而有人看到一只苹果，则要把它画得不那么像一只苹果——要画得不像苹果的人，这是一种实验。至于塞尚的实验，他的理想是要把‘印象’画成像博物馆的艺术一样牢固的东西——也就是说，要把苹果画成一只不像苹果的、然而又更像苹果的苹果。”

我站起来，稍稍走动一下，内心有点激动的样子。

我说:“老车呵，不知道为什么，每次只要有你在的场合，我总是会回想起八十年代。”

在上世纪八十年代的时候，车前子在当时有着巨大影响力的《青春》杂志刊发了总题为“我的塑像”的一组诗，由此成为朦胧诗的重要代表诗人之一……

“你怎么把话题扯开了。我们现在谈的是塞尚和苹果的话题。”老车说。

“我们仍然还在谈塞尚和苹果的话题。”我的脑子里飞快地掠过各种由芯片、5G、互联网过滤出来的信息:“我只是想举例说明，如果用中国的诗歌来类比，塞尚有点像把‘建安风骨’重新带回诗歌的唐朝诗人，他一辈子揣摩再现古典主义，后来却被当作现代主义的开端。这非常耐人寻味……”

“你是说塞尚被误解了?”天空中有一个声音在问。

“或者说——塞尚欺骗了我们?”天空中又传来这样一个声音。

“你们不要争了，塞尚就是塞尚。”这个声音是老车的声音，也或许是从某个四维空间里发出的声音。

这样的讨论总是没有任何结果。然而过程是极其有趣的。因为谁也没法解释，塞尚的实验为何（即使在命名上）最终走上了与他初衷相悖的方向。

于是话题再次回到谎言这个部分。是不是有可能——塞尚也在撒谎？

“在很久很久以前，古人相信看到的东西就是那个东西，就是本质。那时的艺术不存在谎言。”车前子的眼睛可能穿越了一下时空，这样说道：“而后来，艺术、艺术家不断改变表现形式以及方向，不断进行各种实验，这时候其实大家都在撒谎。”

“真正的本质是晃动的。”夏回补充了一句。

“在不同的维度之间。”我又补充了一句。

是呵。确实是这样。我脑子里灵光一闪：从这个意义上，车前子是一位天衣无缝的四维空间的谎言散布者。我和夏回风尘仆仆地在三维空间徘徊奔走……陈如冬停留在维度与维度之间的折叠处。

而易都，则是尘世里的一缕光。

在三维空间，有些艺术家撒谎，有些艺术家不撒谎。易都的那些裸体作品，说明他具备非常的挣脱撒谎锁链的勇气。而我和夏回企图阻止这件事情，则说明，本质上，我和夏回都还是可能撒谎，至少是希望能把谎撒好的人。

“那么塞尚呢？”这时车前子问道。

“我认为，对于我们生存的这个世界，塞尚一定有着很多安静的谎言。”

7. 实验二

“还是继续听我来讲故事吧。”车前子说。

老车是个美食家。他不光会吃，而且会做。在他的概念里，食物或者烹饪这种事情，与生活本身也是平行的。有时在四维空间——他会把香蕉翻炒出与食材本身毫无瓜葛的形而上的滋味；还有的时候他则在三维的外部，比如分两口，让人瞠目结舌地吞下一整个生鸡蛋。

我们对于老车讲故事的期待，其实和期待老车的美食是一样的。

“上世纪二十年代吧，来自苏联的科学家找来了五个年轻的女性志愿者做实验。这实验讲起来真的蛮边缘的——”

“什么实验?”我们异口同声。

“研究人类和猩猩杂交后，会不会诞生出后代。”

“哇——这个厉害了。”我们面面相觑。

“其实人类历史上有意无意的实验真是不少。比如骡子……这个东西的来历我们是知道的。但是还有一些有意思的名字，鲸豚、狮虎兽、鹦鹉鱼……从这些名称里面，我们可以很容易判断它们的出处。”

“是的，人类总是具备无边无际的想象力。”易都一笑。

“这位苏联科学家名叫伊利亚·伊万诺维奇·伊万诺夫。在进行人猿杂交实验之前，伊万诺夫已经进行过许多其他动物的杂交实验，例如狮虎、马驴、斑马兽的杂交，这些实验做出的贡献得到了政府农牧部门的认可……大约是在1926年吧，伊万诺夫到法属几内亚的实验基地开始了人猿杂交实验。此后，他从国内招募到5名年轻的女性志愿者，并和她们签订了保密协议。直到1930年，伊万诺夫陆续得到11只黑猩猩和20只狒狒。”

“后来呢？”

“没有后来……幸亏没有后来。”老车继续往下说：“真正的后来是，伊万诺夫这个‘伟大的’的计划还没开始就失败了。他在1932年死于动脉硬化。他的实验基地也由于受到法属殖民地政府和国际的抵制而终结，而那些受精的女性，最终也并没有怀孕。”

“哦。”我们一声叹息，说不上是庆幸还是惋惜。

“但是，关于这个实验，有一件事情是需要回顾的。”老车停顿了一下。

“什么？”

“《科学》杂志上有一篇文章分析指出，HIV病毒在非洲出现的最早时间是20世纪20年代，而那时伊万诺夫正在进行着他的实验。”老车抿了抿有点干裂的嘴唇。这时夏回递了根雪茄给他。

老车顺手接住，点燃。

从易都工作室的窗户望出去，春日晴朗，万里无云。我看见靠近窗口的一朵蔷薇花正非常缓慢地绽放以及凋谢……我连忙瞪大眼睛，希望再次确认。那里还是有一朵蔷薇花，但或许已经是另一朵蔷薇花了。

8. 表态吧

“我们还是快点选作品吧。”易都忍不住催促起来。

“是呵是呵，”我接话道，“你们就快点表态吧。”

下午已经过去大半……当然，我知道，对于才华横溢、视野广阔的艺术家们来说，明确的表态其实并不那么容易。

“很简单，选出最好的。”我们很容易这样说。但是，什么又是最好的呢？当车前子说，他最喜欢的艺术家是“塞尚或杜尚”的时候，这个回答是单一甚至有点吝啬的。老车甚至不会说“塞尚和杜尚”。从语感的状态来说，仿佛并非在塞尚与杜尚之间他陷入一种难以选择的状态，而是——他的骄傲使他更愿意给出一个纯粹、准确，而又闪亮的选择。

“这些有裸体的部分是不能选进去的。”这是夏回的表态。其实也是我藏于内心、尚未脱口而出的表态——这是三维空间里最为接近真实世界，并且可以操作的表态。

这一回，我抢在夏回前面说了出来：“这些有裸体的部分是不能选进去的。”因为如果一定要表态，那么，抓住了这样的表态其实也就是抓住了真理本身。

我不太记得后来发生的事情了。空间里纷纷扰扰地传来各种各样的声音……最终，我看到易都背对着我们，哗哗哗地挑选了几十张作品，然后，干净利索地告诉我们：

“好了！完成了！”

9. 那只猫怎么样了

这期间，易都接了三个电话。

一个是画家陈如冬打来的，问的是正在宠物医院治疗的那只猫。

“猫怎么样了？”陈如冬问。

陈如冬早期的画作里有一些动物。那些动物大多处在一种冥想状态，奇怪地透着一种骨子里的安静，仿佛与任何维度无关。只是在很少的时候，或者陈如冬自己都不太在意的时候，那些动物有了些细微的变化。它们好像在等待着什么，眼神有些茫然。好像在聆听这世界维度中心的什么声音……

但它们只是在听，非常诚恳和无辜。它们拒绝外面那个混乱嘈杂的世界。它们漠然坚定、绝不妥协。

“猫怎么样了?”陈如冬问。

第二个电话是旁边宠物店回过来的。

“猫的情况不太好。”

“怎么不好?”夏回抱过来的猫，所以夏回从易都手里接过电话。

“做了个手术，打麻醉的时候就昏过去了。可能快不行了。”

夏回冲出去的时候，我顺口问了一下易都:“那只猫做什么手术?”

“绝育手术。”车前子抢着回答道:“我第一眼就看出来了，这是一只厌世的猫。”

第三个电话易都接了以后，很长时间都沉默着，不说话。

“怎么啦?”我问道。

“发生什么事啦?”老车也侧过身来。

“我刚回来的那个城市……传染病……今天下午封城了。”

10. 另一个平常的下午

外地封城的两个月后，易都的摄影展在本市开幕。

我们全都戴了口罩去捧场。每个人隔开一米左右的间隔，蛮疏离的样子。那天下午，我突然觉得每个人都长得有点像。报纸上有人研究，说亚洲人的面部骨骼，戴上口罩以后会有莫名的神秘气息。

展品大部分是黑白的。背景是以参天大树以及浓雾组成的森林。易都的家乡在江西武当山。那里有着中国最美最神秘的乡村，以及尚未被破坏过的原始森林。不知道为什么，那天我在那片虚拟的森林里晃悠的时候，鼻子一阵发酸。幸亏当时戴着口罩，没人注意到我的表情。

在我们待在家里，以期待这场传染病早日过去的时候，车前子做过一些奇怪而矛盾的事情：比如不断发微信朋友圈让我们不要打扰他，等等。后来他再没回过苏州。有一次我做梦，梦见他出现在达·芬奇的《蒙娜丽莎》里。

开完摄影展以后，据说易都开了一家口罩工厂。

有一天，夏回去参观易都的新工厂，然后拍了一张照片发在朋友圈里。

工厂墙上挂着一张杜尚的照片——墙上的杜尚戴着一只装有呼吸阀的口罩。嘴角上一如既往地带了一抹优雅的玩笑。

窗外已经是夏天了。

我站在万丈阳光里，突然想起那天，我们一起离开易都工作室，车前子在门口停了下，又看了看天上的太阳（我没有看清是否存在掐指一算这个动作），然后，慢悠悠地说了一句话："我们，再也回不去了。"

这时，我猛地醒了，惊出一身冷汗。

听见天使唱哈里路亚

一

传　奇

关于熊炎和楚玉的故事，我是在一次同学聚会时偶尔听到的。

在这座南方小城，我开了一家小小的咖啡屋，与此同时，还兼职做着一份心理咨询师的工作。在心理学研究方面，我曾经的研究主旨是分析人在群体生活中的基本特征。往简单里说吧，比如一种集体生活的鱼，倚靠头鱼带队。研究者破坏头鱼方向感后将其放回，于是所有鱼都追随这尾头鱼徒劳转圈，力尽而亡。这些鱼遵从头鱼的行为源于进化而来的基因。人作为群居动物，亦有相应的进化力量，导致我们从众、从权威。

或许，这就是我们周边充满了平平淡淡、波澜不惊的生活的原因吧。或许，这同时也是我们最终大部分都趋向于一种衣食无忧、不喜不愁的生活的原因吧。而我，不知道为什么，潜意识里总想与这样的生活区别开来，我偏爱极端的故事和想法。比如说，我一直想写一个有关“善良”的故事，或者有关于纯粹的“爱”或者“恶”的故事……在小时候，我读过一本名叫《良心》的童书。那是本图画书，讲一个小女孩穿着漂亮的花裙子，口袋里装着面包、糖果，高高兴兴地去森林里。但到了结尾，她终于穿过森林，却全身赤裸，什么都没了。书里最后一句是——“但至少我没事”，良心说道。

长大以后，我开始意识到，那个穿过森林的小女孩的故事，其实是曲折地表现了殉道者的极端境地。多么奇异而又悲壮！我喜欢这个故事，并且迫切地想在现实生活里发现类似的故事，然后把它们记录下来。

然而，当我坐在那个小小的咖啡屋里，和人聊天，听人絮叨……日复一日，那样的热望终于渐渐冷淡下来。没有人告诉我这样的故事，甚至根本没有人相信会有这样的故事存在。屋子的墙角壁落，街头巷尾，到处都充满了苟且和妥协。没有人相信在这样的世界上会出现奇迹。

所以说，当我第一次听到熊炎和楚玉那富有传奇性的经历时，几乎也把它当成了一桩笑话。

那是三个多月前的事了。在一个觥筹交错、推杯换盏的同学会的后半段，场面稍许安静下来。带着几分醉意，我感觉微微犯困。要知道，这样的聚会常常如此，酒意一来，大家高声感叹着“岁月磨去了很多理想”，仿佛这样就为“岁月真的磨去了很多理想”找到了理由和借口似的。都是步入中年的人了。读书，工作，拿薪水，谈朋友，养家糊口，生儿育女……人走到这样的中途，就像轨道里流动的水，一滴下来了，后面一滴不露声色地紧随而下……我环顾四周，当我注视着他们的时候，就如同注视着一片习以为常的水域。一切都是那么波澜不惊，理所当然，就如同水融入水中。

当然，我也是这其中的一员。我也并没有好到哪里去。

还是在我年轻的时候吧，那时我尝试着写过诗。然而最近这几年，我发现自己写不出诗了，非但写不出诗，也找不到希望发现的故事。以前的世界是整片整片的，整个世界如雷电中的海水一样波澜起伏。现在这海域开始下雨了，雨把世界打成了碎片。

……

就是在这个时候，突然有人提到了熊炎和楚玉的名字。

在这个传奇般的故事里，熊炎和楚玉分别是其中的男女主人公。在叙述者口中，故事刚开始的时候，他们同是十八岁，同班同学，并且比我高一个年级。

或许，就让我们先回到上世纪八十年代末的那个冬天。在操场边的那片小树林里，我看到了熊炎和楚玉。

是的，熊炎和楚玉，我并不认识他们，但我相信自己能够认出他们。在完全谈不上特色的那个年代的衣着和发型中间，他们仍然显得如此与众不同。他们是忧郁的，还带有某种神性。然而有一种东西是潜在并且危险的，在那样的年纪，他们的性格都还过于清晰与坚硬——就像那个名叫楚玉的女孩，她那光洁的完全没有瑕疵的额头；也像熊炎那两道过于浓密无畏的剑眉——命运之手还没有真正在上面刻上印迹，这所有的一切还只是刚刚开始。

很显然，就像所有多情的少男少女，他们彼此喜欢着。或许是男孩先喜欢上女孩，或许相反，也有可能暗生情愫这种事情是同时发生的。无论如何，枯燥而有压力的高三生活突然变得微妙起来。

大致的情形就是这样了。经常能看到他们一起骑车上学。通常是女孩在一个路口推着车，静静等着。过不了多久，男孩远远过来。然后两人默契地交会，一前一后，或者并肩而行，稍稍隔开一点距离。晨风撩起女孩的刘海，一些静默的瞬间……在人群中也能看到他们，只有那些真正通晓人性的人，才会意识到有什么事情正在悄悄发生着……但是有一天，女孩照常推着车在路口等候，远处那个熟悉的人影渐渐近了，近到几乎很快能触及那两道浓密的剑眉。突然，就如同电影里的慢动作，他骑着车从她身边轻轻掠过，带起一阵微风。

他没有回头，甚至根本没有看她。

她愕然地站在那里，有点想呼唤他的样子，但终于没有。

从此以后，再也没有人看到过他们的交集……直到光阴整整跨越三十年的时间。

在叙述者的言语里，这平行、相背、折叠，但绝不交叉的三十年，楚玉和熊炎的生命里，分别发生了以下这些事情。

先说楚玉。

作为班里成绩最好、同时又最聪慧美丽的女生，在高考前的半年，楚玉却突然陷入了一种奇怪的忧郁状态。她独来独往，很少与人说话。原来她也是孤高的，但是旁边有熊炎——现在她则是完完全全一个人。她像梦游似的度过了这半年，但那完整的意志仍然在那里：她填报了一所，也是唯一的一所顶级高校的顶级专业。她是骄傲的，即便在梦游状态仍然还是骄傲的。然而，恰恰在那一年，发生了一件大事，那所顶级高校实施了减招……她悄无声息地落到了一所三流大学。

她悄无声息地毕了业，悄无声息地工作，生活了一段时间，接下来，她突然和一位极为普通的适龄男子结了婚，并与此同时离开了中国。他们的孩子——一个乖巧安静的小男孩出生在加拿大，孩子出生不久他们就分开了。她的第二任伴侣是位金发碧眼的西方人，然而在她怀孕五个月的时候，他的暴力倾向却初露端倪……意志是一件奇怪的事情，那个在娘肚子里显然受了点惊吓的孩子，后来毫发无损地降临了人世。那是个漂亮得像洋娃娃一样的混血儿，看起来精致而脆弱，如同中国的古瓷器。或许，就是这种特质让她联想到了什么，她爱他如同生命。然而，磨难并没有就此停止，产后的孤单、病弱以及产后忧郁症接踵而来。她一个人，带着两个孩子，生活在异国他乡的这个临海小城。后来，也不知道过了多久，人们突然发现她又和一位年龄几乎比她大一倍的当地人生活在一起。他瘦而高，脸部有着严峻的线条，看上去，他好像还挺爱她和她的孩子们……

那是个气候温和、有着终年不冻港的城市。海边不远处有一座教堂，一排长凳。很偶然地，人们能看到她独自一人在那里。她仍然很美丽，甚至平静，就像那低沉而单调的海水声从不远处传来，仿佛再也不会有任何变化。

没有人知道她到底在想些什么。

熊炎的生活则完全是另外一种轨迹。因为简单并且出奇的顺利，它几乎更接近于一条没有旁枝的直线。这位省物理竞赛第一名的极端偏科生，同样在高考前的半年，与楚玉的忧郁相同却又相反，他偏执而怪僻地开始“闭关修炼”。忧郁如同雨天的薄雾，而偏执却更像直中目标的利箭。熊炎最终考上了全国一流的名牌大学，并自此平平顺顺，事业上健步如飞……

他的恋爱和婚姻也是顺利并且平静的。当然，这种过于的平静与顺利，会让有一些生活阅历、并对生活本质有所认识的人隐隐产生一些困惑和疑虑。不管怎样，他的妻子和孩子都是可靠、体面而又优秀的。妻子沈琳是他的大学同学。他们的结婚照显得规整但也不乏微微的甜蜜。熊炎端坐，新娘略略依偎。婚纱白而端庄，笑容也是合适的。很容易看出她具有良好的教育背景和修养，据说她还是一位相当厉害的工程技术人员。她个子小小的，衬衫扣子总是系得很高，不知道为什么，她穿白衣服的时候，总会让人想起一篇名叫《红玫瑰与白玫瑰》的小说。当然，她应该就是其中的白玫瑰吧。

按照通常的逻辑，熊炎这根一飞冲天的直线，以及楚玉那摊平静如水的生活是不会有什么交集的。但是，有一天，就在某一个觥筹交错、推杯换盏的同学聚会的后半段，一件不太寻常的事情发生了——熊炎突然意外得知了楚玉的消息，并且很快和她取得了联系。也不知道中间究竟发生了什么样的事情，一个月后，楚玉带着两个孩子以及她的第三任伴侣，十五年后第一次回国探亲……然后，关于熊炎和楚玉的故事就在我们之间流传开了，反正熊炎是这么说的，他要把自己的前半生全部推倒重来，“我要和楚玉在一起”。

几乎所有的人都觉得他疯了。

当然其中有一小部分极为理性的人，暗地里认为熊炎是一个非常不负责任的人。

商人熊炎

准确地说，我是在听说这个故事一星期以后，突然决定要与熊炎、楚玉联系，试图接近并且了解他们的故事的。

这究竟是一个什么样的故事？里面又有着怎样的因果逻辑关系？至少在它所呈现出来的表象中，有着那么多疑点和不可信的地方。生活不是这样的，至少，我们所认为的正常的生活不是这样的，我们所基本遵循的生活的逻辑也绝非如此。或许，也正是这些疑问唤起了我的好奇心。我想走近他们——熊炎和楚玉，我想质疑他们，或者说，仅仅只是提问。而这样做的结果只可能有两个，一个是他们开始怀疑他们是错的；另一个，则是我终究相信他们是对的。这个世界上确实存在着传奇。

当然，私心里，真正的原因并非那么冠冕堂皇以及体面。其实这是个非常自私的原因，所有的一切，我都仅仅是为了我自己。我希望把那张有关“相信”的版图拼写完整，并且把它悬挂到我那小小咖啡屋内空无一物的墙上。以此抵抗已经在那里，或者即将到来的虚无。

很快，我就辗转与熊炎取得了联系。

我约熊炎在我的咖啡屋见面。

那是一个初夏的下午，熊炎比约定时间稍稍迟到了几分钟。他相当礼貌并且诚恳地向我道歉，解释说他刚才在游泳，一时走了点神，竟然忘记了时间。他落座以后还戴着墨镜，这在昏暗的室内显得有些奇怪。

熊炎讲述的故事与传闻中的并没有太大差别。或许他仍然沉浸在一种相当强烈的情绪当中，故事的线索甚至并没有传闻中那么清晰明确。大致的意思仍然是，一个才貌双全的女学霸，与一个偏科的才子彼此倾慕。阴差阳错，他们错过了，结果她路路不顺，他却如有神助……老天有眼，三十年后让他们重逢，想不到这么多年，她受了这么多苦……

我皱了皱眉头。这确实是一个传奇故事，因果转承，清清楚楚，但是我不相信它，至少它没有立刻打动我的理由。不知道这是来自天性，还是不多不少的人生阅历，我不太相信看不出缺陷的人，以及没有漏洞的故事。而恰恰在情感故事这里，外人常常无法有效地切入细节。更何况，我和熊炎终究算是陌生人。或许他隐藏了什么，或许有什么是他不便说的，或许仅仅是他没有说清楚。

“我……不太相信这个故事。”我直言不讳地对熊炎说。

熊炎抬抬眉毛。他甚至还微笑了一下。那个抬眉毛的动作和微微一笑是如此深刻地留在我的记忆里。而那样的神情无疑是在说：我明明告诉了你一个真理，但是你不相信。你不相信也罢，我理解你的不相信。但我告诉你的确实是真理。你总有一天是会相信的……大致如此。

后来我们断断续续又聊了会儿。这场进行得不算太顺畅的谈话被一阵突如其来的暴雨打断。老旧的电力系统突然出了故障，熊炎只得暂时告辞。临走时，他给了我一叠书信和照片，然后随手摘下墨镜，起身离开。

这时我才发现，他的两只眼睛完全是肿的。

我一惊。

熊炎开始解释，他说:“这几天游泳的时候，我会把脸沉到水底下哭……”

他说话的时候，脸上那抹微笑一直没有逝去。仿佛有什么事情在他生活里发生了，阳光普照。即便他闷在水底下哭的时候，那抹阳光也会穿透水面，把他脸上的泪珠照得晶莹剔透。

熊炎走了以后，在黑漆漆的咖啡屋里，我一个人发了会儿呆。说句实话，如果没有这个无意中发现的细节——那抹意味深长的微笑，以及那双哭肿的眼睛——虽然这其实是两个互相抵触的意象，我或许很快就会放弃对这个故事的探寻……对于单纯的现实主义和过于单纯的浪漫主义，我都不是很感兴趣。我喜欢一些意味深长的称谓，比如：浪漫主义的成功商人熊炎。与此同时，楚玉的形象，如同一些零星的碎片，一会儿飘浮，一会儿聚拢。在熊炎的叙述中，高中时候的楚玉，很闷很不合群，爱哭，喜欢看《红楼梦》，或许还有点抑郁症。

“其实那几年，我也挺忧郁的。”熊炎眯着两只肿起来的眼睛，这样告诉我道。

二

学　校

在我完成教育以后的很长一段时间，我仍然经常会做各种各样的噩梦。关于学校、教室、老师、同学……更多的是关于考试。梦的内容常常重复，其实就是同一个梦。第二天要考试了，我几乎还没有复习，我完全记不得都学了些什么，而且我找不到书本了，找不到练习册了……甚至还有一次，我清晰地记得，我怎么也找不到考试的教室，所有的楼梯都是循环的，我总是错过了我应该进入的那个入口。

学校生活给我留下的是非常不愉快的早年记忆。我花了很长时间才彻底地摆脱了它。但后来，有一次，我翻检那段时间的老照片。几乎在所有的照片里，我都长着一张忧郁的脸。没有例外，毫无例外。

我一直以为，作为学霸的楚玉和偏科才子熊炎，他们应该和我不一样，至少他们应该是快乐而开朗的。然而，当我看到熊炎留下的照片时，不免讶异。照片里，两个人的脸上都没有笑容。更重要的是，他们的脸上仿佛都写着一句话："我和你们是不一样的。"

在当时，这两个和别人不一样的人无疑彼此倾慕。我想象着那圈二百五十米的跑道。熊炎在上面奔跑，而楚玉在稍远些的地方。在那个时候，因为禁忌，早恋远比现在更隐秘也更刺激。体育课，男生女生分成两个阵营，那时的世界更安静更细腻些，正因此，内心充满甜蜜的眺望、偷窥以及窃窃私语，也都会被加倍地放大，以及更深地铭记。

还有一个地方，操场旁边的那块小树林。我相信我曾经在那里看到过他们，熊炎、楚玉以及一些与众不同的人。那个小树林其实只是一片杂草杂树丛生的空地，但其中有几棵大树，出奇的高，就像平地里起来的，粗糙、突兀；其余即便杂草杂树，也是粗糙的，只不过不那么突兀了，长得铺天盖地，漫无边际。穿过这片小树林，能够直接到达这个学校的一扇边门。门上挂着一把生锈的大铁锁，一般只是做做样子，可以很轻易地从里面打开。我还清楚地记得，有一次，不知道为了什么事我回家晚了，便走了边门。走过黑洞洞的教学楼，小树林的树梢上可以看到很淡的月牙。然后，生锈的锁打开了，锈渍沾在手上，有一股腥味。我记得那个开锁的瞬间，啪嗒一声，然后门外的亮光猛地进来，我看见了完全陌生的世界。这个过程，竟然有一种暴风雨将来的时候，第一个闪电劈过的感觉，带有特别的震撼与快意。

真正的暴风雨来的时候，迎面受击的总是那些长得高而突兀的树。高考，多少是为那些最为正常、最为普遍的孩子准备的。

而他们俩，终究骨子里不是。

雪纺背心和暑假

偏科生熊炎，在高考前几个月，开始偏执而怪僻地“闭关修炼”，结果顺利考上了全国一流名牌大学的名牌专业。与此同时，学霸楚玉，同样在高考前的几个月，因为来自熊炎的突如其来的冷漠和无解（她怎么会知道，他究竟在想些什么呢?），陷入了忧郁的状态，以及被伤害的幻觉之中……结果悄无声息地落到了一所三流大学。

是呵，如果时光可以回转，让我们的心智和判断力提升十年、二十年、三十年，我们肯定会对此淡然一笑，熊炎怎么会因为偏科生的自尊心而不向楚玉解释，楚玉又怎么会因为意外的失利而产生那种“熊炎是在怜悯我”的感觉?

如果没有这么多的波折，一切顺利，他们将携手踏入名校，结婚生子，拥有自己事业和爱情的结晶，从此度过美满幸福的一生。

然而……

记得有一次，我在咖啡屋和一位孤独的客人聊天。他是邻城的大学教授，进门时我就发现他左腿微瘸，步履蹒跚。然而坐下细看，此人虽然满头白发，但是眼神明亮；沧桑满脸，却又笑容灿烂，仿佛所有矛盾的元素全都拥挤却和谐地集于一身。

我问他："如果老天给你两种生活可以选择，一种是在你的一生里，遇到的人都是好人，遇见的事都是好事，所有的挫折都能避开，在你遭遇之前，所有的魔鬼已经为你变幻为天使……"

"那另一种呢？"在灯光下，他微笑着看我，淡淡地说。

"另一种……"我也微微笑着看他，没有把话说完。因为他当然知道我要说的另一种生活究竟是什么。

果然，他自己把话接了下去，说："你让我做的选择很难，非常难。但是，我想我还是会选择第二种，因为第一种显得很不真实，仿佛我并没有因此而在这个世界上生活过。"

是呵，为了让熊炎和楚玉经历一场真实的生活，这期间又发生过多少让人心疼的误解呵。

他不停地给她写信，可是一切都太晚了。她什么都没说，只是关上了那扇门。他一个人在门外兜兜转转，做了很多愚蠢的事情。他甚至暗暗确定了一个“情敌”。

他仇恨他，但同时疯狂地模仿他。模仿他的声音，模仿他走路的样子，还把自己的头发卷成和他一样的发型。他去拍了一张装模作样的照片……她根本就没有回复他。

老天也曾经给过他们一个微妙的机会。

那是大三快到暑假的时候，熊炎突然收到楚玉的一封信。在信里她告诉他，他可以，并且她也希望他能去看望她。

他在宿舍前面的操场上狂奔了三圈，才气喘吁吁地平静了下来。他一直是强壮的。在身体上有着充沛的、仿佛使用不完的精力（可以想象，在这个年龄，他在自然生理上受到的困扰）；在精神方面，他也更倾向于那种自由外向的希腊精神，崇尚勇敢、正义、实在。他一直在坚持，但人性的真实和弱点已经让他感觉到了内在的脆弱。同一宿舍的男孩子都有女朋友了，有时候他们还把她们带回来……这样的时候，他同样选择去操场上狂奔，一个人坐在月亮下面喝啤酒，呆呆地望着天上的月亮。

那个远方的她，比天上的月亮还要遥远。

他已经感觉到寂寞了。

一个叫沈琳的女孩子也已经出现在他的生活里。她是规整的女朋友的类型，清秀、体贴，对他简直百依百顺，但是……对于她，他没有激情。不管怎样，他已经在动摇了，如果说，人性是经不起考验的，那么他已经承受了太多太多，无论从身体还是精神，他都在为她等待。就在这时，老天也突然睁了一下眼，说，去吧，这个暑假，去看她吧。

那是一个盛夏的下午。在他的记忆里，很有可能是那年夏天最炎热的一个下午。他是骑着自行车（就是很多次，他曾经骑着和楚玉一同上学的那辆）去楚玉家的。在这之前，他还特意去高中校园兜了一圈。正是暑假，校园里空荡荡的，看门人狐疑地盘问了他几句……他绕着教学楼、小树林以及二百五十米的跑道缓缓地骑着。他看着烈日下自己的影子，觉得它是模糊的、晃动的、不确定的。这种模糊、晃动和不确定很像楚玉，以及楚玉对他的感情。他确信是有的，是确确实实存在的，但远远没有他心里的那种强烈。他也无法解释这种强烈的感情是从哪里来的，他有点害怕这种感情，就像他有点害怕楚玉一样。

楚玉家在一个小巷深处。她在客厅等他，还为他专门准备了一杯酸梅汤。

他们聊了会儿天。风扇发出轻微的昏昏沉沉的声音，临街的窗户那里，有柳树的叶子拂来拂去。有几次，他甚至闭上了眼睛听楚玉说话。他享受着那样的时刻，仿佛有一种美梦成真的感觉。

那天，楚玉穿了一件白色的雪纺背心。在那个年代，轻薄的雪纺在夏天是时髦而舒适的。也不知道是楚玉长胖了，还是衣服买小了，背心紧紧地贴在她身上。她发育得很好，特别当后来，夏天的夕阳慢慢斜照，有一片光影恰好穿透她的身体，光洁的皮肤如同圣女……熊炎突然觉得烦躁起来，有种力量在他身体里面东奔西窜，就是那种让他在操场上狂奔的力量，让他在深夜里猛地惊醒的力量，这时，它被楚玉那件在夕阳下接近半透明的白色雪纺背心唤醒了。

多年以后，对于那天下午的回忆，熊炎和楚玉稍有不同。在那间小屋里，或许发生了什么，或许什么都没发生。反正楚玉突然哭了起来，而熊炎完全不知所措……楚玉只是哭着告诉熊炎说，以后再也不想见到他。“你快走吧。”她说。而此时天色渐晚，他俩独处的时间很快也就结束了。

那天晚上，熊炎在楚玉家外面待了整整一晚。

她没有开门。

但是，直到东方再次泛白，楚玉屋里都一直亮着一盏小小的灯。

再后来，太阳升起来了。熊炎在门前的台阶上又坐了会儿，终于站起来，走掉了。

半个月以后，熊炎得了一场大病，女孩沈琳整整照料了他两个多月。他痊愈以后，有人看到他俩手拉手在街上散步。沈琳个子小小的，头正好倚在他的肩膀那里。

至于熊炎，他戴了一副深色墨镜，没有人能够看清他的表情。

两场婚礼

大约四五年过后，熊炎和楚玉各自成了家。

他们的婚礼前后时间相隔不到半年。这是两场相当典型的中国式的传统婚礼。熊炎的新娘就是那位个头不高，经常倚在他肩膀那里的女孩沈琳；楚玉的新郎长相平常，甚至还略微带有一点脂粉气。他的相貌是如此没有特点（或许只是属于我不是很喜欢的那种类型），以至于熊炎在讲述故事时至少提到了两三次他的名字，但我仍然没能把他准确地记住。

在熊炎提供的照片里，我重温了这两场婚礼的几个细节。

沈琳在婚礼上选择了洁白的婚纱和头饰。而楚玉则是一身艳红的旗袍。那个要命的红玫瑰和白玫瑰的故事啊。

两个新娘的表情也蛮有意味。沈琳有着浓浓的安宁和满足感，以至于她姿色平淡的脸上泛出一种圣女的光芒。而楚玉，那抹艳红突然让她变得泼辣与活泼起来。照片上的她仿佛正在和人闹酒……她不再是那个内心纠结的楚玉，不会再如同黛玉跟宝玉赌气、闹别扭，宝玉不解，黛玉便说“我只是为了我那颗心”。

很明显，她已经完完全全地把那颗心藏了起来。

而熊炎，嗯，至少他看上去是平静的，就如同他知道自己将要去面对一长段平静或者乏味的生活；最让我感觉不舒服的是楚玉选择的那位新郎。借用物理学的比重一说，如果楚玉是重的，是内在根深叶茂而富有的，那么，这位新郎就只能用“轻”来表达：轻浮的、失重的、娇惯的，我甚至怀疑他从来不知道自己曾经得到过什么……

总而言之，从照片上看，楚玉的第一次婚姻要更不稳定一些。

我的直觉是对的。

一切才只是刚刚开始。

三

熊炎和楚玉

在接下来的大半个月里，熊炎经常来我的咖啡屋。

他坐下来喝咖啡，用手提电脑发邮件和客户联系，不断地接听电话……有些时候，店里不忙，冷清清的，他就和我聊天。在内容上，他所有的聊天只与楚玉有关。他不停地说啊说，仿佛只是想把那些事情、那些细节、那些情绪都倾泻出来。仿佛只有这样，他才会稍稍感觉舒服一点。就像一个溺水已久的人，好不容易冒出水面，终于可以用尽全身的气力，大声地喘息一下。

与此同时，我和楚玉也渐渐建立了通信联系。

很快，我就发现了他俩性格上的差异。楚玉像深水，总是那么不紧不慢，却又深深洞察着什么；而熊炎，则时时都有一种破浪而出的冲动。“我要和楚玉在一起。”这就是熊炎想要告诉我以及整个世界的。在楚玉这边，就像她现在居住的那个临海的城市，水波一点一点拍打着堤岸，她零零星星地，或者是深思熟虑地梳理着这段感情，什么地方搁浅了，又怎么会如此这般走到今天……

即便作为刚刚加入的旁观者，我也能感知这段情感的微妙与危险。他们很像莎士比亚戏剧中的双生子，在生命的早期遭遇了误会或者巨大的灾难，命运拨弄，最终竟让他们重逢……我还清楚地记得这么一段话，它出现在熊炎早年写给楚玉的信中——“上天让我这么爱你，又让你这么厌恶我。相处这么多天，我也感到了一种不和谐。”

不知道为什么，我突然想起了《巴黎圣母院》里的艾思米拉达和敲钟人卡西莫多。倒不是熊炎和楚玉在外貌上有多么巨大的差异，然而天性中他们确实是异类，特别是在强大的理性还未成熟的早年。就如同在现实中艾思米拉达不能看卡西莫多，他的奇怪、强悍，他和生命的连接方式和她的完全不同。她不能看，她害怕他，看一眼就扫兴，可卡西莫多是这么爱她，为她可以背叛一切，背叛他的恩人，他的巴黎圣母院……

熊炎和楚玉是幸运的。老天给了他们第二次机会。

楚玉来信

几天后的一个早晨，我像往常一样打开电脑。在众多的邮件中，发现了楚玉的来信。

仍然像往常一样，我一边吃早餐一边浏览。等看到第二遍的时候，我才恍然明白，在这封信里，楚玉究竟告诉了我什么，以及它与整个故事的关系……它讲述的是一个小女孩的童年故事。当然，她的名字就叫楚玉——

每到三月的阴雨天，楚玉总会想起三十多年前的那个午后。那年她八岁，梳着一个“马桶盖”的发型，鼻梁上架着矫正“假性近视”的眼镜。她那两颗位置醒目的门牙中，有一颗蛀得很厉害……她笑的时候，有一种无辜而又略为让人心酸的可爱。

那是楚玉妈妈当班值日的礼拜六下午，但她早早就回来了。“妈妈累了。”她对楚玉说了这句话以后就躺在床上，整个下午都没起来。天暗下来了，窗户外面再也看不到斜斜的雨丝，只能听到如同楚玉心跳一般的雨声点。楚玉妈妈还是没有起来。

楚玉去厨房找了些东西吃，然后摸到卧室去睡觉。楚玉家的床贴着墙放。楚玉很小的时候，妈妈睡中间，楚玉睡在靠墙的那边，爸爸睡在另一边。后来，楚玉睡到中间来了。再后来，空荡荡的床上就剩下了楚玉和楚玉妈妈两个人……这天晚上，楚玉半夜醒过来的时候，自然而然地伸出手去摸身边的妈妈。

妈妈在床上。但是妈妈不是躺着，而是坐着。妈妈的两只手捂着脸。有时候楚玉也会用手捂住脸，只留两只眼睛在外面。楚玉怕黑。楚玉没想到妈妈也会怕黑。

妈妈的手冷冰冰的。

每个礼拜，楚玉妈妈会给楚玉五块零用钱，而这个晚上以后，这个数字增加到了十块。楚玉妈妈是那么忙，不忙的时候又是那么累，就连一觉睡醒到了早上，眼睛下面仍然鼓着两个大大的眼袋。楚玉咧开嘴，露出那颗蛀洞明显的门牙……楚玉就这样有点滑稽地朝着妈妈笑，嘴巴两边的肌肉都疼了，但是妈妈的眼睛还是冷冰冰的。

妈妈不快乐。

怎样才能让妈妈快乐起来呢？

接下来发生的那些事情，在楚玉的记忆里，其实一切都是清晰可见、栩栩如生的，只是发生的先后次序有点记不分明、混淆不清。当然了，其中也肯定会有一些是她没有记准确的。比如说，究竟是第一个礼拜她就省下了将近一半的零用钱给妈妈买了礼物，还是过了两三个礼拜，甚至是一两个月以后才开始做这件事情？还有，她给妈妈的第一件礼物，是那支在百货商店里挑挑拣拣、迟疑了半天，最后犹犹豫豫决定下来的玫瑰色口红，还是那盒自己馋涎了很久、一直陈列在食品店橱窗里的奶油巧克力？或者，是另外那个——每天放学回家的路上，楚玉都会经过一个自由市场，一些小商贩零零星星摆出货摊。有一天，楚玉看到一只蓝白相间的小包，厚实的布料做的，还镶着一圈细细的粉色花边。

楚玉怯生生地拿出钱。

还没等她开口，小贩弯下腰和她攀谈起来。

“多么好看的包啊！”小贩的眼睛笑得像个弯弯的月牙。

楚玉使劲地、害羞地点着头。

“你喜欢吗？”月牙更弯了。

楚玉再次使劲地、害羞地点着头。

“你有钱吗？”小贩的脸突然变得严肃起来。

楚玉把紧紧捏在手里的钱递给他。

小贩摇摇头。

楚玉赶紧翻找口袋，上衣口袋里有五毛钱，裤子口袋里有一块钱。

小贩还是摇头。

楚玉打开书包，从夹层里又拿出几张揉得皱皱巴巴的零钱——

“都在这里了……这些……够了吗？”

楚玉小脸憋得通红，眼泪汪汪的，都快要哭出来了。

……

关于楚玉的这段童年生活，在后来我和楚玉母亲的偶尔交流中，有些部分和场景有着微妙甚至截然不同的版本。

“一个八岁的小女孩，父母离婚，母亲过得极不快乐”——在楚玉母亲的记忆里，楚玉是一个内向腼腆、同时又充满奇思异想的小女孩。她总是会迫不及待地花光所有的零用钱，买一堆毫无用处的小东西。她捧着这些东西，激动得浑身发抖，简直不知道应该对她母亲说些什么……

而在楚玉的印象里，那是童年最黑暗伤心的一段时光。那是一连串徒劳到绝望的尝试，她几乎花光了她所有的零用钱——用来购买母亲的爱——但是母亲的绝望比她更深，母亲沉湎其中，漆黑无光，以至于根本看不到楚玉的努力。

楚玉的第二封来信

大约一个星期之后，楚玉发来了第二封信……

您好！

昨天是我的生日，没想到突然接到了妈妈的电话。

妈妈的声音非常遥远——大学毕业后，我和妈妈就分开住了——电话也是有的，但不算频繁。有时候我甚至会觉得，在这种不会间断，但也远远谈不上热烈的联系中，妈妈和我的感受或许是并不相同的。

“一个怀着身孕就背井离乡的女儿……一直在折腾，一直在受苦……性格复杂，充满激情与矛盾……我的女儿，或许我从来就没有真正了解我的这个女儿……”

这是否就是今天的我在妈妈心里的形象？

而我的这位母亲，她可能从来都不知道，无论在哪里，我都会随身带着她年轻时候的照片。不管她老了、病了，在照片和我的记忆里却永远有着年轻的形象。我长大以后，很少和她谈心。或许八岁时发生在我们家的那场灾难，就如同一块巨大的卵石落入水中，那激起的层层涟漪一直在那儿，此起彼伏，无法终止。我和妈妈则各自占据着最大的两圈涟漪的中心……

我有一度向整个世界关闭了心门。你知道——从小亲眼看见自己的母亲目光呆滞、神情冷漠、自言自语，时常无故寻衅发怒，或者伤害自己，或者彻夜啼哭，还企图自杀，对一个小女孩来说是多么可怕和伤心的记忆吗？所以我的性格非常内向和悲观，特别到了少女时期，一点风吹、一片草动都会深深地影响我。而那个时候，熊炎出现了……我只能用一缕阳光来形容这样的出现……虽然因为误会和磨难，这道阳光直到二十多年后才真正照耀我的生活……

其实我一直担心着我的母亲。她的悲伤仿佛并没有停止，微风袭来，涟漪常常再度四起。

但是昨天，电话里，妈妈的声音有种久违的轻快与色彩。

“你过得好吗？”她轻声地说，“今天是你的生日。”

她的声音轻得像风，柔得像空中飞舞的柳絮。我一度恍然，仿佛儿时被温暖芳香的怀抱紧拥，四周都是天使，四周都是云絮。

“谢谢你，妈妈。”我的声音也很轻，表示犹疑，表示不太确定。

“以前……妈妈做得不太好。”我听到电话那边发出一声叹息。

“我知道……你不快乐。”我不由自主地也是一声叹息。

“是的，妈妈曾经几乎放弃了生活。”

我紧紧地抿着嘴唇，沉默。一些过去生活的片段如同幽灵闪现，发出吱吱嘎嘎的声响。很多时候，我半夜醒来就会听到那种声响。我蜷起身体，双手紧紧环抱住自己的肩膀——那是一种被整个世界遗弃的感觉，在黑暗里铺天盖地向我涌来——用自己的双手，抱住自己的肩膀——

那个时候我觉得自己恨妈妈。

“我知道爸爸走了，你痛苦，我知道你没日没夜地哭……我还那么小，我害怕极了……我希望你快乐，希望你抱抱我，仅仅是一个轻轻的拥抱……我像一个马戏团里的小丑，我想变出世界上所有漂亮好玩的东西，仅仅是逗你一乐……”我听到自己的声音在发抖：“但是，妈妈，那时候你什么也没有看到，你什么也看不到。”

“对不起，女儿……对不起，妈妈知道你已经长大了，但是——有些东西，比如说爱情和生活，等你再大一点的时候，或许你还会有更新的想法。”

“新的想法？”

“要相信有奇迹。”

“奇迹？”我有点不相信这两个字是从妈妈的嘴里说出来

的。她曾经是那么绝望，然而现在，她说——要相信有奇迹？

“是的，我只是想说，你的生命里有那么多天使——”

“天使？”

“是的，时间会告诉你一切的答案。”妈妈清晰而坚定地说道。

熊炎的疯狂

我成了熊炎的倾诉者。

以前，在一些电影里我看到过这样的场景：那些迫切而焦虑的倾诉者们，他们打电话向朋友倾诉，在黑暗里向自己倾诉，酒醉了拉住路人倾诉，在教堂里秘密地向上帝倾诉，甚至还有人飞去亚热带的吴哥窟，偷偷地对着树洞倾诉，然后以草封严……

我觉得如果可能的话，熊炎愿意成为以上任何一种形式的倾诉者。他只是想说，在任何时候，和任何人，诉说关于楚玉的一切。

有一次，他向我诉说一个场景，以及他的疑问。那是几个月前，在熊炎的邀请和安排下，在阔别将近三十年以后，楚玉带着她的两个孩子和现在的伴侣回来……在机场，楚玉的母亲哭得眼睛都红了，但是楚玉没有哭。她一直紧紧地牵着两个孩子，礼貌地和熊炎打着招呼，同时安慰着母亲，表现得相当得体而平静。

“她变了。”熊炎可怜巴巴地望向我，他说：“你不知道，你真的不知道，那时候……年轻的时候她多爱哭。我们背后都叫她林妹妹……”

我没有理睬他。于我们这样的年龄和阅历，这样的问题根本就不应该是问题。只有被爱情蒙住眼睛的人，才会从每个细节去求证答案。实事求是地说，我理解，但仍然觉得有点过分。

久而久之，这样的倾诉渐渐演变成一种不太平衡的游戏。我的这端是稳定的，而熊炎一直在晃动。

有时候我会故意把话题引向相反的方向。有一次熊炎显然中了圈套，絮絮叨叨地说了些自我怀疑和怀疑他人的话，结果越说越不确定，越说越想把话往深里说，但同时又想把前面说的全部推翻……那天和我告别的时候，熊炎脸上有种相当软弱无力的表情。我估计他或许大半夜没睡，因为第二天一早我就收到他长长的邮件——向我解释——用他的话来说是“翻供”。大致的意思是说，虽然那些自我怀疑和怀疑他人的疯话和痴话都是真的，但那无非也就是疯话和痴话罢了。这一切的终了，于熊炎来说，只要在老了的时候，和楚玉一起坐在炉火旁，“温柔地数落她欠我的情，就感觉很满足。”

这几乎已是一种无药可救的状态。但事情到了这个地步，我反倒有了信任的感觉。

第一，熊炎知道自己是谁。

第二，熊炎也知道楚玉是谁。

第三，熊炎并不缺乏把事情的逻辑颠来倒去过一遍的能力。

那阵子我迷恋一部名叫《破浪》的电影，里面有个疯狂的女主人公，她曾经这样对医生说：每个人都有一种才华，而像她这样的女子的才华就在于倾其所有去爱，做一个神奇恋人。好几次，我都想建议熊炎看一看这部电影，但后来想想……大可不必了。

那段时间熊炎快要忙疯了。非但忙，他还做了很多足够疯狂的、让我这个偏爱极端的人都觉得匪夷所思的事情。

他几乎把所有的钱都汇去了加拿大。有时候，他从银行出来就直接去了我的咖啡屋。他的神色里有一种白色羽毛漫天飞舞的恍惚与光芒。这让我觉得，仿佛汇钱这事本身已经成了他的精神支柱。

所有的人都觉得他疯了。

“你，想清楚了吗？”有一次，连我也忍不住问他。

熊炎头都没有抬。仿佛他即便略一抬头，那种轻微的动作和犹疑也会亵渎什么似的。

那是一个闷热的夜晚。已经很晚了，我正准备关门离开的时候，熊炎突然撞了进来。他的脸色不太好，神情既焦灼又兴奋，还掺杂着一些隐隐的忧伤。很多矛盾的东西堆在一起。

“我正式向沈琳提出离婚了。”熊炎的声音在黑暗里冒出来，闷闷的，沉沉的。

我眼前一下子闪过那个白玫瑰的形象。小小的，端庄的，衬衫扣子总是紧紧地系到脖子下面。这样的形象也总是给我一些矛盾的概念，比如说，一位圣女和一个拘谨的人；又比如说受难和软弱。很多时候，要清晰地分辨它们，其实并不是一件很容易的事情。

“她怎么说？”沉默了一会儿，我问熊炎。

“她什么也没有说。”熊炎回答，眼睛没有看我。

四

素食主义者大卫

大卫是楚玉的第三任伴侣。他差不多要比楚玉大三十岁的样子。

他出现在楚玉生活里的时候，楚玉已经经历过两次失败的婚姻，正独自带着两个孩子，生活在这个异国他乡的临海小城。她的第一任丈夫回到了国内，几乎没有什么联系；她的第二任伴侣麦克，那个金发碧眼的西方人，只给她留下一些不太愉快的阴影以及一个有着神秘蓝眼睛的小男孩……

在熊炎留下的一沓照片里，我看到过麦克的一个侧影。那时还是麦克和楚玉的蜜月期，他们住在廉租公寓里——据说好像是楚玉出的租金。阳光透过一个凸出的窗户洒进屋里，金光烁烁，恍恍惚惚。

麦克养了一只鹦鹉。那只鹦鹉既不说话，也从不歌唱。它一直就在那些斑驳的阳光里跳来跳去，或者一动不动、发呆。

远处是麦克噼噼啪啪打游戏的声音。

后来，就有了那个混血小男孩。

那是一个非常漂亮的混血小男孩。楚玉是如此热爱这个小男孩，天气好的时候，她常常带着他去海边。他是那么轻盈灵巧，他在海滩上奔跑的时候，一头栗色头发闪闪发光，如同一匹金色的锦缎。

有时候，楚玉看着他，不知不觉发现自己的眼睛里含满泪水。

“我这是怎么啦？”她问自己，而她的目光则继续追随着他。

她为什么如此爱这个孩子，这是一个她自己也说不清楚的谜。她也爱她的大儿子。这是一个即将成年的少年，个性稳重，沉默而懂事。很小的时候，他便学会了照顾弟弟、母亲，当然还有自己。

离开了暴力的麦克以后，在他乡，这母子三人生活得并不容易——这是显而易见的——或许这也是大卫走进他们生活的原因之一……至少，当画面上呈现出他们四个人的时候，有些东西外人还是可以看得清楚的：虽然，这位名叫大卫的加拿大人确实显得年老些，和她并不是那么般配，但是他是爱她的，同时他也爱那两个孩子……甚至随着时间的推移，可以看出那两个孩子也是喜欢和他在一起的。

整个画面就是这种感觉。虽然有些部分有点奇怪和不那么协调。

大卫个子高而挺拔，看上去要比实际年纪年轻不少。他带着楚玉参加附近社交派对的时候，领带偶尔会配错……也不是过于严重的错误，只是使用了与他的年龄不太符合的形状与颜色，款式过于年轻，颜色则太过闪亮与轻浮。其实这种小细节倒是无意中泄露了大卫的一些秘密：早年没有受到很好的教育；以前有很多情史，在人类情感方面具有不竭的探索精神……但是不管怎样，他应该是爱着楚玉的。

他喜欢把楚玉打扮成旧上海摩登少妇的样子：猩红的裙

子，红唇，鬓角一朵红玫瑰；黑手套，闪闪发光的小包。或许，对于他来说，这些便是他对于中国的异域想象。他需要一个漂亮的年轻女人，一个闪闪发光的令人艳羡的女人，"一个有品位的时髦女子"。

"你准备好了吗?"他带着楚玉出门以前，常常会兴高采烈地这样问她。在这件事情上他是喜悦的。那是一种旁人可能会误解的喜悦。不管怎样，在他的这一生临近尾声的时候，还能够遇到楚玉这样的女子……大卫信上帝，所以他认为这样的奇迹也不是完全不能解释。

在另外一个细节上，我们可以想象大卫对于楚玉的情感。或许因为早年的一些经历，楚玉的有些生活习惯颇为耐人寻味，比如说，她睡觉的时候必须戴着眼罩，而且必须要在一个全黑的屋子里，不管白天还是晚上……她怕光，同时她也怕声音。光让她觉得刺眼，声音则令她感到恐惧。

于是我们能看到一间幽闭般的卧室。所有窗帘的缝隙都被仔细处理过了。即便在刺眼的夏日正午，最为细微的光线也被牢牢隔绝在外面。窗帘面料是最厚实紧密的天鹅绒，即便外面雷雨风暴，地动山摇，只要楚玉愿意，她也可以安心地待在这个小天地里——她可以不再看到，她也可以不再听到。

她可以一直这样地过下去，只要她愿意。她可以躲在这里，坐在这里，躺在这里……在世界的这个角落里。而心情不错的时候，或者略微空闲的时候，她可以走出去，去海边听一听教堂的钟声和海浪。那么多年过去了，她能够听出来那里面渗透的安宁。至少那种等候着我们每个人的永恒的安眠，那种东西，从来就不是她害怕的。就像她这个人，在真正的孤独里面，反而没有任何人可以碰到她。

而这一切，都是系着错误领带的大卫给她做的。

有一些时候，他们甚至还是欢乐的。

在那些社交派对上，他们会遇到一些有趣的人。有一次，他们遇到了一位荷兰艺术家。那位身穿宽松牛仔衣、留着长头发的艺术家告诉他们说，他的第一位妻子来自印度尼西亚，第二位同样来自印度尼西亚，而现在，他的第三位女朋友则是上海人。

就这样，聊着聊着，他们突然谈到了素食这件事。

荷兰艺术家说，他以前吃很多很多肉，但后来他迷上了冥想艺术。他的师父告诉他，来自胃部的感觉会破坏冥想……于是第二天，这位荷兰艺术家就成了素食主义者。他告诉大卫和楚玉，如果现在他再吃肉的话，第二天身体就会有反应，脸上和后背会长出一片红色的痘痘。

很显然，楚玉是很喜欢这种有趣的谈话的。她甚至咯咯咯地笑了起来。接下来那位荷兰艺术家又开始说，他说，在中国的时候，他看到好多年轻人在地铁上、火车上看手机，看电脑，那样的时候他经常会想:“为什么呢?他们为什么会这样呢?”后来他就换位思考,“如果我坐在这里，这样的时候我会干什么呢?”荷兰艺术家歪歪脑袋，说:“哦，我想我会从口袋里把书拿出来。”

在场的几个人微微笑了起来。其中有一个在中国投资了工厂，常年在两地往返，便很有礼貌地回应道:“我相信随着经济的发展，很多与文化和思想相关的东西也会随之生长。我已经看到中国这些年造了很多庙宇和博物馆……”

紧接着，荷兰艺术家说了几句有点玄妙的话:“我是这么想的，一切外形都是从心里生发出来的。比如说呢，现在我们旁边的这棵树，它的根系从土地里长出来，慢慢地树根开始变细，伸出枝干，长出叶子。但最重要的是，它的内心向往着伸向天空，正是这一切使它最终成了一棵树。”

大家沉默了几秒钟，有的人微笑着，有的人歪歪头走到一边找东西吃，还有几个围上去和荷兰艺术家说话……就像这样直接或者间接的关于中国的讨论，零零星星的总是有。有些时候楚玉会参与，更多的时候她不参与。

很多年前，她决定离开中国，只是因为一种气味。说它是商业气也好，说她敏感也好，说她格格不入也罢。她就是固执地觉得什么地方不对了，于是就执意离开。或许“错过你之后，一切都是将就”?这个你是谁?是应该快乐而从未真正快乐的童年?是熊炎?是与生俱来的什么奇怪的感觉——就像荷兰艺术家说的，如果现在他再吃肉的话，第二天身体就会起反应？

她也说不清楚。但是，说来也怪，有一件事情却是惊人的巧合。她遇到大卫不久，就发现他是个素食主义者。后来，在他的影响下，她也渐渐成了一个素食主义者。有一次，她和母亲通电话，聊了一会儿，她突然明白了什么，问道："妈，你现在也开始吃素了？"

这就是说，他们三个人，大卫、楚玉以及楚玉的母亲都是素食主义者。在成为素食主义者以前，楚玉真的不能想象，现在，当她重新接触荤腥的时候，她会产生一种非常强烈的恶心的感觉。她变得如此热爱那些纤弱而羞涩的植物，正是它们，让她天性里某些暴烈而不能把握的东西变得温和起来、舒缓起来……她好像已经忘记了以前的很多事情，仿佛被催眠，又如同冬眠在一个温度和湿度都很适宜的巢穴里……她不再生长，也不再向往，她成了另外一个人。

或许正因为这样，现在，她竟然能忍受以前无法想象的事情——她静静地、微笑着让大卫控制着她的生活：他喜欢把她打扮得漂漂亮亮的，带她去派对，但他绝不让她独自出门跳舞；不能独自跳舞、游泳、见异性朋友、去一些有趣的地方……这一切，她全都微笑着接受了。或许，她早就认为，两个素食主义者的余生也就是这样度过了吧。没有什么是不可以的，就是这样了吧。

她已经累了。那么，能够遇到一个相对温和的素食主义者，就像两株暖阳下细细的孤独的植物……也就是这样了吧。

不止一次，楚玉这样想过。

至于她母亲，那是后来她听重逢后的熊炎说的。在和楚玉重新取得联系以后，熊炎经常会去看望她的母亲，他倒是没有提及素食的事情。熊炎说了另外一个细节。他说，楚玉的母亲现在常去教堂做礼拜，几乎每周都去。他说，有时候提到楚玉，她会哭。那样的时候，熊炎也不说什么，退到一个角落里去抽一支烟。等到楚玉的母亲缓过来，他再回去，陪她说话。

熊炎还告诉楚玉说，“你知道吗？你妈妈常去的那个小教堂，就在我们学校的边门旁边。”

楚玉仔细想了想，仍然想不起来那扇有着生锈铁锁的边门旁边，有那样一个小教堂。她既没有看见过它，甚至也没有任何关于教堂钟声的回忆。

孩子们

整整十五年后，楚玉带着大卫和两个孩子回国探亲的时候，正是微寒的早春。两个孩子一个十五岁，一个七岁。楚玉给他们两个都起了中文名字。大的男孩小名叫周周，小的则唤作朱朱。

都是礼貌温文的孩子，长得也好。小的那个显得更娇惯脆弱一些，他瞪大眼睛看着周围新奇的世界，同时又寸步不离地围绕着母亲。他偶尔发呆的时候，不知为什么，圆圆的眼睛像极了那只鹦鹉，在斑驳的阳光里跳来跳去、跳来跳去……

大的则看起来要平静并且冷漠得多，其实也就是我们通常所说的懂事。天上零零星星地下起了雨，楚玉的母亲只顾着拉着楚玉哭……后来，是熊炎跑去买了几把伞。一共买了三把。先是楚玉和她母亲合撑一把，但是小男孩朱朱一定要挤进来。于是楚玉和朱朱合撑一把，熊炎和楚玉母亲合撑一把。剩下来的一把则留给了大儿子周周和大卫。

相互介绍的时候是这样说的——熊炎是楚玉母亲的干儿子——这话由楚玉来翻译给大卫听。大卫微微地点头，而于西方文化中他并不能理解得非常透彻，也就礼貌地与这位略有些不明身份的男子打了招呼。

有一个很小的细节，或许只有楚玉母亲真正注意到了，并且能够客观地给予评价。由于国际航班的长途颠簸和本身体质的虚弱，楚玉突然感觉有些不适。于是，就近地，她找了把椅子坐下来。大卫马上走过去，轻轻搂住了她，并且在她耳边低语了几句；熊炎脸上有浅浅的阴影晃过，但明显是克制住了；而那两个孩子——周周和朱朱，小的那个紧紧拉住了母亲的手，大的则更多地报以焦灼的眼神……这幅看似极不和谐的画面，却因为楚玉这个焦点的缘故，变得有一丝柔软和温暖的感觉，虽然那种不和谐与紧张感仍然还是存在着的。

晚餐是熊炎安排的。无论是菜肴的种类还是餐厅的陈设，显而易见都经过了精心的选择。餐桌旁边是个小晒台，打开一扇落地的玻璃门，外面就是星空下的一片小小空地。雨已经停了，灰沉的雨云也散去大半，月亮不见，星星却闪闪烁烁地冒了出来。先是朱朱跑了出去，周周也很快跟出去……两个孩子在星空下面明显变得自在起来，不断有笑声和尖叫声传进来。

楚玉的目光一直跟随着他们。

这两个孩子……她曾经以为，他们已经成了她与这个世界的唯一联系。她没想到熊炎还会再次在她生活里出现；她也没想到事隔多年，她还会回到这个她以为永远都不会再回来的地方（她甚至都没有想过教两个孩子中文）；她想到妈妈会老，头发白了，腰弯了，眼睛花了，但是她没想到妈妈眼睛里那种星光一样的东西竟然又回来了……有很多东西让她觉得不习惯，让她感觉害羞，其实归根到底，就是没指望这世界上还会有奇迹发生……

餐桌上，他们三个人吃素：楚玉，楚玉妈妈，以及大卫。对于食物，他们安全地选择，规则地分类，淡然地享用。然而熊炎不是。显而易见，熊炎不相信这个世界的一般规则。

他要打破这个规则。

饭吃到一半，熊炎突然离开餐桌，跟随着两个孩子——周周和朱朱，去了外面的小晒台。

楚玉的目光一直跟随着他们。

她没想到有一个人的目光也一直跟随着他们和她，那目光不仅仅是怜爱的、柔软的，更是狐疑的、不信任的……

那个人正是大卫。

楚玉、熊炎和大卫

那是回国后的第二还是第三天晚上，具体的情形记不清了。但发生的事情却是确定无疑的：在大卫的一再询问、追问以及最终的逼问下，楚玉告诉了他熊炎的真实身份。

“他是你的……情人？”大卫的声音里夹杂着颤抖的虚弱和愤怒的强度。

“他只是我的初恋。”楚玉很平静，接着又补充了一句，“我们已经很多很多年没有见面了。”

“你马上整理东西！马上！现在！”大卫在房间里来回地踱着步。

“为什么？”

“为什么？……为什么？！……因为你是我的！”大卫用力地扬了几下手，仍然不甘心似的，放下，再用心地扬了几下。

楚玉冷冷地看着他。

总是这样。几乎每次都是这样。当她希望平等理性地与他讨论问题的时候，总会突然发现在他们的关系中，其实并不存在平等或者理性。虽然他是爱她的，同时也爱着那两个孩子，但就如同参加社交派对时大卫偶尔搭配错误的领带，细腻敏感如她，总是一下子就探底到了事情的本质：她和他，他们根本就是两类人。他并不懂得人性世界的抽象复杂——他的世界，是款式假装年轻、颜色太过鲜亮轻浮的世界……他甚至连高中程度的教育都没有完成……而她，她是谁？

是的，如果不是熊炎的出现，她也几乎快要忘记她是谁了。在大卫对她和孩子的关爱和床第的汹涌中，她一度认为生活其实是可以这样的。她并不需要太多的精神生活，精神生活从来只是让她痛苦，不是吗？但是，为什么，这几天来，她一直回想起很多年前的那个场景。那是一个初春的傍晚，她，熊炎，还有另外几个同学，春游归来，他们突发奇想，躲到了学校小树林深处的一片空地上。夜幕已然低垂，星星开始如同潮水一般云集。

那天晚上为什么会有那么多的星星呢。在楚玉后来的人生中，她几乎再也没有看到过如此多如此明亮的星辰。

是熊炎说的。他突然说:“来，我们找一块干净的地方，躺下来，仰头看着天上的星空。”

大家还在叽叽喳喳说笑着。

熊炎又说:“快来，只要看过一眼，然后你就再也无法忘记了。”

于是，他们真的找了块干净的地方，大家慢慢地躺了下来。

后来，回家的路上，他们几个一句话都没有说。

接下来的几天，大卫开始形影不离地跟着楚玉和熊炎。他就如同一个阴魂不散的幽灵，出其不意地出现在他们可能出现的任何一个地方。他甚至还换上了一套深灰色的衣服，一顶深灰色的帽子，以及大大的口罩，企图让自己淹没在茫茫无边的人海中。有几次，人地生疏，他毫无悬念地迷了路，然后打电话给楚玉随即跟踪而至……这样的悬疑片段出现在楚玉旧地重游的园林里、小巷里、拥挤到让人窒息的人流里，直至最终回到冷冰冰的、连桌椅都凸现敌意的宾馆里。

大卫像一头被激怒的兽类般暴跳如雷。

因为紧张和忙乱，他完全顾不上系领带以及搭配颜色鲜艳的衣服，风尘仆仆，面容憔悴，却呈现出另一种质朴无助的面貌来。

有一次，他狠狠地喝了两口威士忌，来到楚玉面前，突然一下子跪了下来。

“你不要离开我。”他喃喃地说着，灰蓝的眼珠里有着鲜红的血丝。

楚玉愣住了，一时有些不知所措。

“你不要离开我。”大卫伸出手，紧紧抓住楚玉的手臂。

楚玉被他吓住了，猛地向后退了几步。

“你要是离开我了，我就什么都没有了……”大卫的眼睛里缓缓地淌出一行泪水。

心里不知什么地方酸楚了一下，楚玉向大卫伸出了手。

几天以后，这只手在机场再次握住熊炎的手，依依告别的时候，甚至还稍稍犹疑了一下。

黑天鹅和白天鹅

回到加拿大后，几乎一夜之间，楚玉发现，她的一切对外通讯方式都被大卫控制了。

有那么几天，她没法给熊炎打电话、发邮件、写微信，她没法与外界取得任何联系，就如同被困在一座四面环水的孤岛上……说来也怪，在她的生活里，每隔一段时间，这种接近于窒息的感受就会出现一次：先是童年的那段伤心时光；再是与熊炎的阴差阳错；第一段婚姻的结束；紧接着，是那些布满阴云、晦暗无光的夜晚……永远漫无边际的飘零……就像故乡暮春的阴天，衬衫衣领上都能闻到雨滴的气味，让人沉陷的气味。

但是，那两个孩子——周周和朱朱，无论在什么时候，只要他们出现在她面前，魔术般的幻觉总是从天而降。她总是能平静下来，她牵着他们的手，或者他们拉着她的衣襟。她觉得她突然有了一种飞翔的能力。

还是在他们很小的时候，她带他们去野生动物园。在一片冷清的水域里，奇迹般的，一群天鹅缓缓地向他们游了过来，那么慢，那么美，那么平静，同时又是那么忧伤。

他们三个全都呆住了。

“真漂亮呵，那两只白天鹅。”周周忍不住轻声赞叹。

“我……我更喜欢那只黑色的！”朱朱总是喜欢和哥哥对着干，他一边把手里的面包屑朝水面上扔过去，一边不停地叫着：“黑色的！黑色的更漂亮！”

是呵，为什么只要和孩子们在一起的时候，楚玉总是能突然穿透现象，直接到达事物的本质。

那天她是怎样向他们解释的？她蹲下身体，紧紧地搂住他们，然后，她指着镜面一样平静的湖水，丝缎一样亮闪闪的波纹，以及童话世界般的天鹅群，她微笑着对两个孩子说:“所有的天鹅都是美的……”

朱朱一把搂住她的脖子，撒娇地说:“不，黑天鹅美！黑天鹅美!”

周周嘴里也不服气地叽咕着:“当然是白天鹅了，白天鹅更美……”

直到今天，她仍然记得自己的回答，那种瞬间产生的、神秘的想法，她说:“所有的天鹅都是美的。颈项的曲线，羽毛的轻盈……所有的天鹅都像一个梦，不管白天鹅还是黑天鹅，它们都是梦，它们都是天使。”

后来她再也没有带周周和朱朱去过那个水域。有时候她甚至怀疑那个水域是否真实地存在于现实中。他们再去野生动物园的时候，经过湖泊区、沼泽区、稀树草原区、森林区、灌丛溪谷区、山地区和雨林区，但是再也没有看到过那个同时有着黑天鹅和白天鹅的神秘水域。

它从他们的生活里消失了，但却牢牢地印刻在她的记忆中。

是的，另外，还有一件事情也是显而易见并且相当神秘的——所有那些她不愿意回忆、拒绝回忆、事实上也如同梦魔般的经历，当它们再次以另一种形式回到她的生活、她的思维中的时候，它们全都变成了另外的样子。它们变成了一只只梦境一般的黑天鹅。它们缓缓地向她游过来，不像白天鹅那样洁净、那样明澈；它们游过来的时候，并不是她所期盼的样子，她的心里是带有不安与恐惧的……但是，当她渐渐真正看清楚它们的时候，才突然明白过来，那羽毛的黑色以及颈项的幽深，这一切的一切，其实都另有深意——它们确实是美的，是这个完整世界的不完整的一部分，只是换了一种常人不容易认出的方式。

有时候，她甚至会庆幸，比起一般的常人，她看到过更为广阔复杂的世界，听到过这个世界上稀有的天鹅的鸣唱。

是的，她希望，这一次也会同样如此。

一座临海的房子

楚玉从花市买了大把的鲜花，插在花瓶里。

她煮好了最香甜的牛奶，烤好了面包……

她把屋子里所有的窗都打开，让蜜汁一样香甜的空气流进来。

她坐在淡粉微紫的花丛里，微笑着等待着大卫的出现。

大卫的脸还是苍白的，就像一张空无一物的纸。但不知道为什么，这张苍白而憔悴的脸，比起他高而挺拔的身材，比实际年龄年轻的长相以及有时过于明丽的衣服款式……比起所有这些看起来光鲜的东西，反倒要真实许多。在回国的那些天里，特别当大卫形影不离，如同天上的乌云般跟随着楚玉和熊炎时，当他像一头被激怒的野兽般暴跳如雷，当诸如此类不可理喻的事情发生的时候，几乎所有的人都在摇头、都在怀疑，内心都存在着恐惧。但是，现在，当楚玉看到大卫那张彻夜未眠的苍白的脸……她仿佛突然看到了这个世界非常柔软的一面。无所谓好，也无所谓不好，只是脆弱的、柔软的，希望可以坐下来，好好谈一谈的。

“你真的要离开我吗?”大卫说话的时候没有看楚玉的眼睛。

“谢谢你，这些年照顾我和……孩子们。”楚玉轻声地说。

……

这样说话的时候，楚玉的声音也会柔软下来。想起那些用最厚实紧密的天鹅绒做成的窗帘；安静的午后时光，大卫在厨房里为她准备下午茶的点心；那些有点点滴滴快乐的社交派对，有时他们甚至一起仰天大笑起来……在她漂泊的半生中，即便所有的人都不相信，都不承认，但她是相信和承认的：大卫无疑是爱过她的，或许现在仍然还爱着，当然用的是他的并非完美的方式。真正的问题在于她——她早就不相信爱了，她放弃了，她觉得老天就是这样安排的吧，那就这样吧，不要再去挣扎了，一切都是徒劳。她真是这样想的。如果不是这样，她或许不会选择大卫……但是，现在，坚定而勇敢的、她命里注定的熊炎出现了。那是她以前错过的，是她真正想要的。更关键的是：熊炎不相信命！这是令她惊喜并且等待已久的，但是另一个结果便是：大卫将成为他们爱情的牺牲品。大卫是无辜的。

那天她和大卫谈了很久，从东方既白直至繁星满天。后来他们都很疲惫了，大卫也表达了他的无奈和理解。那就打电话吧，发邮件吧，写微信吧，只要，只要“让我还能再看到你和孩子们，让我还能再照顾你们一段时间。”

这样柔软的条件没有人会忍心拒绝。于是大家各自休息，各自沉思，各自做梦。两个孩子也显得异常乖巧……一切仿佛又复归原位，一切又如同暴风雨来临前的死寂。

第二天，大卫出门办事了，楚玉送周周和朱朱去了学校，然后她又去海边坐了会儿。

在那里，她遇到了几个小城的熟人，闲聊了几句。来了这么久，她渐渐成了这里的一道风景，再从风景成了和背景物融为一体的所在。确实也是，有些时候她觉得这样也未尝不可。她甚至幻想过，如果自己是个男儿，并且生在古代，或许也会成为那种游历山河的人。她比别人想象得要宽阔，她有常人不能理解的另一面……但是，多少年后，她听到了熊炎的召唤，她等待了那么久的……

她要呼应他。

就在这天的深夜，楚玉终于用自己的电脑联系上了大洋那边的熊炎。

“我今天总算又能用自己的电脑给你写信了。下午我去了针灸所，不知道为什么，突然之间泪如泉涌，无法停止。针灸所里的那个女孩看我那么伤心，虽然和我素不相识，且又不明所以，却对我关怀入微，弄得我有点尴尬。我在所里待了有一个半小时，才渐渐止住了泪。这几天我都半夜半夜地无法入睡……我在想以后我死了，化成灰，也要和你的灰放在一个盒子里，那我们俩就永远不可分离了。不过如果你希望有自己的空间，我们也可以分装在两个盒子里，合葬在一个墓中。这一阵子，不知为什么有很多关于生和死的想法……”

这样的信件多少有点古典和浪漫主义的风格，现在的人多半已经不这样写信了。写信的那个泪如泉涌，读信的那位又是怎样强烈的感受呢。说来也怪，很少再有人会有如此激烈的情绪和传奇的结构了。大部分人的愿望变得不固执，变得可有可无、可进可退，因为几乎每个人都理性清楚地知道，应该向生活的哪个部分索取和争夺，以及索取和争夺的比例。

但这又是谁说的呢，“我所有做对的事都是冲动的时候做的，理性从来不能创造世界。”不管怎样，那个坚定而勇敢、不信命的熊炎肯定也是这么想的。

他很快给楚玉回信。

在信里，他说了很多话，仿佛隔着如此遥远的时空，他们完全可以毫无障碍地沟通、理解、默契……仿佛她就在他的眼前，写着写着，他甚至可以走到她身边去，扶着她的肩膀，温存一下，亲吻一下，稍稍说几句玩笑话。一转身眼眶却又泛红起来，不忍心让对方看到，别过脸去……

他说他今天又去游泳了。他发现自己已经开始变得苍老，鬓边有白发，身体也有点发胖了。他在泳池里来来回回地游着，有时候沉在水底下很长的时间。他仍然在流泪，这是一件非常奇怪的事情。他从来就不是一个多愁善感的男子，因此完全不能理解这些眼泪是从哪里来的，又为什么如此汹涌，不能停歇……他为什么这么爱她？甚至他能清晰地感到，这样强烈的爱情完全不同于三十年前发生在小树林里、清晨的微风里以及黄昏的夕阳下的那些……岁月是公允的，她也在慢慢变老，至少是在慢慢变老的过程当中。但是为什么，那些眉眼间细微的沧桑，那些瞬间怅然的眼神，那依然美丽却也在悄然变化的身体，这所有的一切，更让他感受到“爱”这个字真正的分量。这一次，它彻底砸痛了他。

他突然产生出一个奇怪的念头。他觉得，三十年后的这一次相逢，这才是他的初恋，他痛彻心扉的初恋。他的婚姻，他认识的其他女人，甚至是三十年前的楚玉，都是为了这次“初恋”准备的；他整整学习了三十年，直到现在，他的身体开始发胖，他的鬓角开始斑白，他才生平第一次认真地、真正地爱上了一个女人。

接下来，在信里，他又开始说，既是对她说，也是对自己说，更是对那种真正砸痛他的东西说，“不管怎样，不管将会发生什么，我都要和你——楚玉在一起。”

在信的最后，或者在信接近最后的时候，熊炎还提到了房子——“我们要有一栋自己的房子，面向大海，春暖花开。”

五

故事的三种可能性走向

那仍然是一个夏日的午后，空气里湿漉漉的，我的小小咖啡屋里也是湿漉漉的。

店里没有几个客人。我倚在吧台前，看一本现实与魔幻交相辉映的书。我以比较快的速度翻阅着书的前半部分，也就是现实的那部分。它们通常显得笨重、缓慢却又具备非凡的韧性；而到了更为靠后的那些，它们已经具备了飞翔的能力和速度。人物对话变快，命运则更为戏剧性……我听见书页沙沙翻动的声响。这让我暂时忘记了寥寥无几的客人、生意不佳的现状、平庸无奇的生活本身……我甚至觉得，在某个瞬间，这个平淡无奇的咖啡屋也慢慢地向上升腾起来。

就在这时，熊炎走了进来。

他非常激动地告诉我，明天他就要飞往加拿大和楚玉团聚……我让他坐下，沏茶，促膝，侃侃而谈。

我们谈了很多，关于他和楚玉，关于他的生活和楚玉的生活，关于他们的生活，关于和他们有关的他人的生活……谈着谈着，话题变得有趣而漫漶，有很多的可能性缓慢地或者尖锐地涌现出来。有时我们微笑着，有时则皱起眉头，或者猛然被吓住了，“怎么会这样！”甚至有一次，熊炎忍不住叫出声来。

没有人知道生活会按照怎样的逻辑往下发展、走动。或者按照里面的某一种，或者几种平行，或者以另一种我们根本没有想到的诡异方式。

又有谁知道并且能够说清楚呢？

公主和王子结婚了，他们过着幸福的生活

第一种结局的场景就是那座临海的房子，不过不是在春天，而是寒冬。屋里很暖，并且生着炉火。我们先看到楚玉忙忙碌碌地在摆放鲜花和水果。十多年过去了，她仍然很美。这个世界上确实存在着一种类型的女人，时光仅仅赋予她们香味，而从不轻易带走她们的颜色。

“他们到底什么时候会来?”

这是熊炎的声音。他从卧室里走出来，仿佛午睡刚起。他变得更胖了，有些懒散的样子。而真正具有生活阅历的人知道，只有内心安详幸福的人才会有这样慵懒的步伐和体态。

今天楚玉的大儿子要带女朋友回家。这是第一次。窗外天气渐暗，雪花慢慢地飘落下来，纷纷扬扬，落到大海里就消失了；落到熊炎和楚玉住着的这座房子的屋顶上，则一点点慢慢地积起来，一点又一点，一片又一片。

两个人在窗口站了会儿，低头说着些什么。我们只能看到他们的背影，但听不到他们的声音。但如果这张安宁静谧的图景能够配上字幕的话，或许，多年前楚玉的这句感慨将是最合适不过的了：

“在这个世界上，再也没有比真正的爱情更美好的东西了。”

朱朱头上的虱子

时针停留在两年以后。

如果用另一种计算方式，也就是熊炎和楚玉结婚一年半以后。

就在一个星期以前，他们突然发现，楚玉的小儿子朱朱头发里长出了很多虱子。第一件事情当然是给他理发，剃了光头；再把屋里屋外彻底打扫消毒了一下。被子洗了，拿出去晒……谁知晒到一半的时候，暴雨已至，来不及收回，好好的被子被淋得透湿。

乱了整整一天，第二天事情也没有完全转变。剃了头发的朱朱还突然犯起了恋母综合征，每天晚上会醒来好几次，即便楚玉和熊炎把房门锁了，他仍然用力敲门。所以每天晚上楚玉要醒好几次把他再放回到自己的床上。

熊炎也没睡好，每个人都变得脸色苍白，疲劳不堪。到了第三天，熊炎和楚玉决定暂时分床睡，楚玉和朱朱睡，周周一个人睡，熊炎则睡沙发。

这天晚上，半夜的时候，熊炎突然醒了，起来抽一根烟。

天上挂着一弯残月。天幕暗蓝。

熊炎坐在沙发上，一连抽了好几根烟。抬起头，墙上挂着他和楚玉的结婚照。他仍然爱她，爱得很深，但不知为什么，他心里涌起一丝淡淡的忧伤……就像……就像偶尔发现的朱朱头上的虱子吧。

没有钟声的小教堂

时针仍然停留在两年以后。

如果用另一种计算的方式，仍然也是熊炎和楚玉结婚一年半以后。

那是一个普通的周末。天气不冷不热，不晴不阴。街边一个尖顶小教堂，有人进去，有人出来，有人在门口不断徘徊。

那天我去得很早。或许老天偷偷了解了我的心愿，知道我潜意识里总想与这平平淡淡、衣食无忧的生活区别开来，偏爱极端的故事和想法……于是它赐予了我一场轰轰烈烈的爱情，结果却是肝肠寸断，痛苦不堪。我四处求助，最终决定躲进这所小教堂里，向自己流泪，向上帝倾诉。

教堂里的人我基本上不认识。所以我也完全不知道，在我左手一边的第一排坐着沈琳——熊炎的前妻；而在我的右手边最后一排，则站着白发苍苍却又满脸喜气的楚玉妈妈。

沈琳仍然是那个圣洁白玫瑰的形象：小小的，端庄的，衬衫扣子紧紧地系到脖子下面。只是外面多了一件深灰色的外套，如同岁月蒙尘。但这蒙尘在她身上，仍然有一种受难的庄严和神圣。她低垂着眼睛，向无尽的虚空诉说着什么。如果有人站得和她很近，可以看到她手里攥着一张照片。但照片上到底是谁就看不清了，有人说是熊炎，有人说是她和熊炎的孩子，也有人说那是她自己。

有那么一小会儿，教堂里有一阵细细的哭声。和音乐夹杂在一起，既宿命，又令人不安。但站在最后一排的楚玉妈妈却只听到了欢乐的声音。她也在祈祷，为大洋彼岸刚刚传来的喜讯——楚玉和熊炎刚有了他们自己的孩子：一个有着和楚玉一样的大眼睛的漂亮小女孩。他们给她起了一个名字：惟爱。

就在我流泪不止、就在沈琳肃穆无语、就在楚玉妈妈喜不自禁的时候，不知为什么，音乐出了故障，突然休止。此刻，只有唱诗班天籁般的声音在教堂里回旋。只听到所有的天使都开始歌唱——

“哈里路亚。哈里路亚。”

六

剧　终

真实的时间。

几个月以后，我去一个热带小岛度假。当我走下快艇，双脚刚触到绵软如水的沙滩的瞬间，整个世界突然安静了下来。

我躺在沙滩上，睡了一小会儿。

在岛上的十几天，大部分时间我都在睡觉。只有一种声音是永恒不断的，那就是海浪拍打礁石的哗哗的声响。开始的时候总是那么执着而凶猛，恶狠狠地扑向那些黑色的岩石，慢慢地、一次又一次地平静下来，退回来，积蓄着下一次的力量……

我无数次在这样的海浪声中睡着，然后又醒来，仿佛回到了这个世界的尽头。

有一天中午，正在午睡的时候，一个异样的声音把我从睡梦中唤醒了。

是一条不长不短的短信。熊炎发来的。

“现在维多利亚的宾馆昏睡，楚玉和大卫复合了，住在海边的房子里。我这次来没有跟她申请，她很生气。

一丈之内方为夫，她希望我理解她。

她也看出来了对她孩子好的是大卫。我做不到。

剧终。”

我把手机放下，起床，烧水，沏上一杯咖啡。

房间的窗户正对着大海，可以看到轮渡和快艇远远地驶来，一些人从上面跳下来，手里提着长长的裙摆，或者高高地挽起裤腿，远远地向这片纯白沙滩的小岛走来。

阳光闪闪烁烁地在海水中跳跃，一会儿亮，一会儿暗。而人们就在这些时明时暗的块面中行走、游荡、爬行。

我慢慢地喝完杯中的咖啡，走到房间的另一头。

靠墙放着我的行李箱，我把它躺倒，打开。

在箱子的夹层里有两份打印稿。它们有着同样的题目，和截然不同的结尾。现在，我把上面那份装订好，封存进一个牛皮纸信封里……在持续不断的海浪和又一批到达者的欢呼声中，轻轻地打开了那第二份……

繁 华

一

王莲生初来上海是个阴雨的下午。那天他坐的是二等舱，船不大，还刮着风，所以颠得很厉害。他对面躺了个瘦小的干瘪老头，一上船就开始吐。王莲生好不容易小睡一会儿，梦里听到一种奇怪的声音——前些天他刚看过一场京戏，里面那个旦角受了委屈，咿咿呀呀地哭，但半天了，一滴眼泪还挂在水袖尖尖上——等到王莲生睁开眼睛，却是那老头抱着一只小罐，在床边半蹲着身子。他呕吐时眼睛半睁半闭，极为享受，让人怀疑那小罐里装着的，其实是很快就能烹饪上桌的一尾活鱼。

王莲生叹了口气，起身去了甲板。

雨倒是停了，还微微地起了太阳。在远处，几只白色的海鸥紧贴着水面飞，王莲生看了半天，觉得它们像要一头扎进水里自尽似的。

一个戴帽子的外国巡警冷漠地走过来。王莲生刚受尽那干瘪老头的折磨，心里对规则、清洁、秩序以及权威有关的事物多了几分亲近。他微笑着迎了上去。王莲生见过些世面，还不好不坏地能说上几句洋文。这多少让巡警灰蓝的眼珠子泛出了珍珠的光泽。

“还要多久能到上海？”王莲生问。

“天气不好，可能会迟点。”

“船颠得厉害呵——”

“听说……听说已经翻了两艘小船了。”这估计是上头关照要保密的消息，但蓝眼睛巡警一个犹疑还是说了出来。话一出口，他便有点后悔，眼睛里的珍珠光泽暗了暗。手顺带搭在了腰里的警棍上。

王莲生原本还想打听一些治安方面的事。听说上海是不太平的，石库门外的里弄，到了晚上九点钟就要上锁；还有呀，听说上海好吃的东西多，好看的人多，但是小偷、强盗、野鸡、骗子也多……正在这时，突然从船头那儿传来一阵嘈杂的人声，一个拉高了的嗓门在叫：“瘪三！真是瘪三呀！”停了一下，紧接着又传来了哭声：“那我该怎么办呀——怎么办呀——我要跳海了呀——”

王莲生心头一紧。但并没听到类似于“扑通”的声响，人没有跳下去，他的好奇心倒是上来了。

蓝眼睛巡警在前，王莲生在后。蓝眼睛巡警用洋文说，王莲生再用中国话复述一遍。

一个穿绿衣服的身影正俯在船栏上哭，是个二十来岁的纤弱男孩。他给王莲生的第一印象，是白如玉色的脸上挂了满脸的泪珠子。那泪珠子倒像是剔透的珍珠，但给脸上的白冲淡了，越发显得凄清。

“你们别过来！我要跳了——我真的要跳了——”他哭得很凶，人和衣服都在剧烈地发抖。但他说话与喊叫的声音，却有着奇怪的女性化特点。这莫名其妙的悲剧因此变得有些滑稽起来。连王莲生都忍不住笑了。

“你多大了？”蓝眼睛巡警皱了皱眉。围观的人渐渐多了起来，带着晕船时微青或者发白的脸色。王莲生发现，和他同舱房的那个干瘪老头也出来了，人显得更小了，佝着，手里却还紧紧抱着那个小罐头。

“十九岁。”

“十九岁？才十九岁你就想跳海？”蓝眼睛巡警的眉毛皱得更紧了。

伴着海浪，四周有掩饰不住的窃笑声。这话虽然说得正义凛然，但听上去，仿佛二十岁跳海就要正当很多似的。

十九岁的小男人正沉浸在自己的悲恸中，自顾自地把话说下去：“那个瘪三！那只贼骨头呀！我在睡觉他就进来了——也不知道是从哪里进来的呀！现在的人怎么这样坏呀……”

大家突然警醒。有几个立刻分头回了自己的舱房。但还是有人没被贼的气焰吓住，一个手里抱了孩子的胖女人探头问道：“那偷了什么东西没有？”

“偷了倒好了呀，我现在宁愿他偷呀——”这话说得离奇，甲板上一时安静了下来。这突如其来的气氛却让小男人再一次悲从中来：“我怎么这样苦命的呀，好不容易托人买来的金鱼呀，花了不少铜钱的，钱还在其次——”他停顿了一下，不知该不该把底下的话接着往下说，但还是说了，并且突然有了条理，一板一眼的：“我花了大价钿买的金鱼，那叫好看呀，五颜六色，讲是从很热很热的地方带来的，我们这儿从来看不到的，就是上海人也难得看到的。上海啥东西没有呀，就是没有这种金鱼！我带到船上来，准备到了上海送人的。哪知道刚打了个瞌冲，贼骨头就来了呀——我睡得糊里糊涂，从床上跳起来就追他——那么就出事情了呀，贼骨头倒逃脱了，那只金鱼缸就放在床脚下头，我睡觉睡得忘记了呀，一不当心就把它弄碎了，作孽呵，那些鱼真是作孽呀……”

大家齐声道：“那个贼呢？”

小男人梨花带雨地跺了跺脚：“真应该千刀斩万刀剐呀！那只贼骨头——给他逃脱了呀，我心里急，看都没看清他的样子——好像是穿着黑衣裳的。”他的桃花眼溜溜地在人群里打着转。里面还真有两个穿黑的，一听这话，都下意识地缩了缩身子。但这时小男人突然又改变了主意：“不对，也有可能是穿蓝衣裳的……”

这时蓝眼睛巡警有点看不下去了。他朝前走一步，颇为威严地说道："这种话是不好乱说的，一会儿黑衣服，一会儿蓝衣服，你自己想想清楚，想清楚了再说。你这样乱说是要诬陷人的。"

小男人原本心里就委屈，这时又给巡警的话吓住了，他张了张嘴，又合上一半，一时半会不知道该说什么。倒是旁边的人纷纷活络起来。抱孩子的胖女人凑到王莲生跟前，抱怨上礼拜她上街买东西时——"要铜钿呀，那个人立在马路边上，伸出手来就要铜钿。他说他是难民，要我可怜可怜他，我哪里知道他到底是不是难民。身上穿得倒是破破烂烂，一双手是墨墨黑像个赤佬——我心里怕呀，那个怕呀，手都在发抖的。你不知道他眼里有凶光的呀，不给他铜钿要给他杀掉的呀。"

胖女人说话时，她怀里的孩子不停用脚踢着王莲生的衣服。王莲生躲了几次都没躲开，心里不由嫌恶起来，便敷衍道："世道乱，只能自己当心了，要自己当心。"说了也知道是白说。

干瘪老头也挤了过来。他晕船的症状此时已经消退很多，人突然变得活跃了起来。

"他说的那种鱼——我倒是见过。"他颇为得意地冲着王莲生挤挤眼睛。

"哦，那好，见过好。"老头刚才在舱房里的行为，仍然让王莲生有些无法释怀，所以并不太愿意搭理他。

但老头似乎并不介意这个，继续把关于金鱼的信息告诉王莲生："你不要听他瞎说，他说的那种金鱼呵，宋朝的时候就有了，养在宫里头的……"

王莲生自恃读过几本旧书，对宋朝又颇有几分好感，觉得一个在颠簸的船舱里抱着罐子吐得哇哇叫的人，是没有什么资格谈论宋朝的。他微抬的鼻孔里发出一声很轻的"嗤——"，但终于没有忍住，反问道："你以为他说的是中国的金鱼吗？"

这回轮到老头张口结舌说不上话来。王莲生便把声音略微提高些："他说的是长在热带的鱼，热带——知道吗？"心里料想着说了老头也未必明白，王莲生不免有些不屑，但又不舍得不把这种富有知识的话说下去……

就在这时，人群突然又起了骚动。只见小男人把一条腿跨过船栏，嘴里喊着一个奇怪的名字——听上去像是个女人的，然后他大叫一声："没有面孔去见你了呀！"

扑通一声响！几乎是很轻的，因为海浪的声音太大了，完全把它盖住了。大家吓愣了两秒钟，疯一样地扑到船栏上去看。哪还有人的影子，船在雪花般涌起的浪头里往前直奔，那几只白色的海鸥远远跟着，仍然紧贴着水面在飞……几乎让人怀疑，刚才那个俯在船栏上的绿色影子——仅仅只是个幻觉。

"哎哟！吓死人了，真是吓死人了！"胖女人先是拼命拍着自己的胸脯，慌乱中又拍起手里的孩子来。终于那孩子也被她弄哭了，哇哇乱叫了起来。

甲板上不断有人在奔来跑去，都知道有人跳海了，是个年轻男人。刚上来的人不知怎么回事，半是兴奋半是恐惧地逢人便问；而目睹那一幕的，多半还没回过神来，慌乱中只听有人在叫：

“鲨鱼！快看，有鲨鱼！”

确实有个黑乎乎的大东西，在不远处的海面上晃了晃。或许真是鲨鱼，但或许也并不是。这时船身猛的一颤，王莲生突然觉得胸口有点发堵，连忙用手紧紧抓住船栏，干瘪老头的声音又在耳边响了起来：“我见过那孩子，我想起来了……真的想起来了，他是唱戏的，可惜了，真是可惜了。”

王莲生头里发晕，眼睛是闭上了，但耳朵却愈发灵敏起来——

还是那老头的声音：“唉，戏子，唱戏唱多了，唱得脑子也坏掉了，中了毒了。”

一个男人用力咳嗽了两下：“为了几条金鱼，嗤，真是活见鬼。哪有这种事情的，为了几条金鱼去跳海，真是听都没听说过。”

突然一个女人插话进来：“肯定是送给上海书寓里的长三的，那里面的女人……”话是才讲到一半，至于另外那一半，则让语气和声调来继续阐述。王莲生眼前就此晃过几个女子，衣服是杏黄的，上面绣着龙凤。一个车夫赶着马车从烟柳深处而来——顶戴花翎，身上是黄色马褂——以前朝廷上的命官大致就是这种打扮。王莲生以前就常听说，上海的那些高级妓女通常喜欢这样卖弄花样。她们住在租界里头，中国人管不到，洋人又不爱管。更重要的是，她们都没有固定的男人——不像那些低眉顺目的良家妇女，嘴上说得强硬，但要是真有男人为了她跳海，心里难保不是高兴的。

想到这里，王莲生微微睁开一点眼睛，眼梢里突然瞥见那个干瘪老头的手一抬，那只一直被他抱着的罐子飞闪着掉进了海里——当然，也有可能仅仅是个幻觉。

在认识沈小红以后，有好几次，王莲生对她讲起过船上的这段经历。那时王莲生一个人住公馆，客堂粉白的墙上挂了幅字："荷叶生时春恨生，荷叶枯时秋恨成……"字是才来上海不久时买的，那时王莲生还没逛过长三堂子，更不认识沈小红。那天他和一个生意场上的朋友，连带两个伙计，大大小小买回一大堆东西。在一个玉器摊位前，王莲生被一块成色特别的玉佩吸引住了，停下来和摊主聊了会儿。等到回过神来，才发现朋友和那两个伙计全都不见了。

初夏的天气，没太阳的时候天是蓝的，飘着云；但也有的时候阳光朗朗有声，更何况是从人群里蒸腾起来的太阳……王莲生在无数的翡翠鼻烟壶、银色雕花水烟筒、斑竹的小屏风、不伦不类烫了金的青花瓷瓶里兜过来、荡过去——人，到处都是人，有上海人、苏州人、浙江人、“江北人”，有黄色皮肤、白色皮肤、抽了鸦片变成灰色皮肤的……

一个穿黑色布衣的矮胖老头，不知什么时候挤到了王莲生旁边。他右手握成一个拳，异常神秘地张开一小条黑黝黝的缝：“买伐啦？”

王莲生一时没听清，惶惑地摇了摇头。老头便又凑近了些，鼻孔里的热气像老牛一样吸进去又吐出来：“好东西，买伐啦？”

这时王莲生突然想起船上抱孩子女人的一番话：“伸出手来就要铜钿，真是要命的事体。一双手是墨墨黑像个赤佬——伊眼睛里有凶光的呀，不给他铜钿要给他杀掉的呀！”王莲生直觉得脖子后面寒丝丝的一阵冰凉。连忙一把抓起衣服的下摆，风一样地拔脚向外跑掉了。

那天回来后王莲生才发现，就在他狂奔的时候，捏在手里的那幅字被什么东西扎了一下，有点破相，但毕竟还不碍大事。后来，有一天沈小红来公馆看他。她歪了头，在那面挂着字的白墙前面站了很久。

“……深知身在情常在，怅望江头江水声。”突然她扑哧一声笑着说道：“这后面两句写的是黄浦江吧？”

王莲生被她说得一愣——当然并不是，虽然黄浦江就在不远的地方，到了晚上，还能听到汽笛的声音，像很多小孩子在哭，怎么哄也哄不停。

“那天我在船上的时候，听到隔壁船舱有人在吹箫。但等到仔细去听，却又停了。那时风浪很大，整个的船都在晃……他们说那个海域是有鲨鱼的。”

这时沈小红插话进来:“听说那种鱼很凶的，牙齿老长老尖，还朝外翻出来，长得非常怕人的。”接着她又想到了什么，问道:“你说的那个跳海的人——是真的伐?”

王莲生正躺在榻床上吸烟，听到这话，不知怎么呛了一下，吭哧吭哧地咳了一会儿，好久才回答道:“怎么不是真的，我看他跳下去的。也就是眼睛眨一眨的工夫，人就不见了。”

沈小红噢了一声，紧接着又说:“我是不大相信的，跳下去要淹死的——弄不好还给鲨鱼吃掉。”

王莲生这时缓缓地吐出一口烟来，说道:“这事想起来真是不吉利，连汗毛都要竖起来的。你说怎么会碰到这样不吉利的事情?”

沈小红也不接话，自顾自地往下说:“我是不相信的，我终归有点怀疑这不是真的。”

就在这时，一只小蛾子飞了过来，它扑动着翅膀，在沈小红鼻尖那儿落下了巨大的阴影。王莲生顺势转过头去……还是在昏黄的灯光下面，沈小红皱着眉头，微微抬起了下巴。虽然眉目里仍然少不了长三堂子的那路娇媚，但王莲生却是实实在在地给怔了一下——以前他怎么就没留意过呢，沈小红那小而尖的瓜子脸，她那双似笑非笑的眼睛，她那抬起的小下巴在空气里划出的一道细小弧形——这一切，突然让他想起很多年前，当他还是一个少年的时候，在乡下老家。那是一个初春的下午，他母亲让他送一样东西去邻村的亲戚家。下着很小很小的雨，走了很长一段路，才觉得鼻尖上慢慢变湿了（这让他想起了自家的狗）。他在一棵柳树下闭着眼睛站了会儿，觉得有无数根被水泡软的绣花针慢慢地飘下来——

他听到了母亲的声音。她在叫他，手里拿着一把伞。

他忘了是在什么地方看到那个少女的。柳树下面？弯弯的田埂那儿？雨停了？下得很大？一只鼻尖那儿黏糊糊的狗跟在她旁边？

他记得她的瓜子脸、眼睛、嘴边的笑意……他们可能还说了话，但说得没有太大的意义。他在她身边停了下来，犹豫了一会儿，说道："下雨了。"

王莲生年纪很轻就结了婚，是那种老式而合法的婚姻。太太是族上的远亲，一个圆脸白皮肤的姑娘。王莲生的母亲对他说："记得吗，小的时候，你们还一起玩过呢！"但王莲生却全然没有这方面的印象。他只记得婚前第一次和她说话，她娇羞地侧过头，顺带红了半边脸。但后来王莲生发现，不但和他，而是和其他一切人说话，她都会脸红。再到后来，有一天，王莲生无意中见她一个人坐在院子里绣花，一双缠过的小脚露出一小半在红裙外面，像只探头探脑的鸟。太阳暖洋洋的，蝴蝶懒洋洋地飞……她垂着头，脸上红扑扑的。

她是个一说话就脸红、不说话也脸红的女人。王莲生估计在她的生活里，除去父亲兄弟，几乎没见过什么其他的男人——但在新婚之夜，她却异常主动地尽了女人的职责，几乎有着讨好的嫌疑。王莲生莫名其妙地心生一念，似乎她把他当作了一个长期卖淫的主人。这却比她动不动的脸红更让他生厌。

王莲生后来出来做事，太太一直就和母亲一起住在乡下。他一年回去个几次，走的时候，她小脚踩着碎步送他。好些年了，她仍旧有脸红的毛病，人却有点过早见老了。她颤巍巍地站在村里的柳树下面，眼光像一根根飘风的柳絮。王莲生在那柳絮般的眼光里变得有些恍惚起来——她看着他，可怜兮兮的。千万人中，命定了这个女人是属于他的——但王莲生不知突然又想到了什么，朝她挥挥手，转身走掉了。

再往后他回去的频率越来越少，等到调任上海做事，机会便更少了。有一次他和沈小红一起去一处书寓吃饭，才踏进客堂，王莲生便愣住了。只见客堂西角上放了只金鱼缸，大约一米见方的样子，里面装了大半缸水。鱼缸很深，从底下长出暗绿色的水草。客堂的门窗全敞开着，一阵从地底下冒出来的穿堂风……鱼缸里花花绿绿的鱼全体来了个休止，尾巴都不动了。悬空在那儿，听着什么。风是从前面来的，王莲生那件灰蓝色的长衣被牢牢地吸附在身上，弓起来。像极了一只负荆请罪的虾米。

倒是沈小红捂着嘴巴笑了起来，说道："快瞧快瞧！你说的那只鱼缸不就在这儿嘛！"

王莲生也不说话，一个人又站了会儿。一个才来几天的娘姨拿了小菜来摆台面。王莲生悄悄问她："这鱼……从哪里来的?"

这娘姨长得白净，但眼睛略微有点倒挂。显出惶惑、刁钻、憨笨兼有的神情。她轻声答道："是这里先生的客人送的。"脸颊那儿却奇怪地红出一小块来。

后来王莲生一直在琢磨那娘姨脸上的飞红。不由得心生感慨，毕竟是长三堂子里出来的娘姨。虽然王莲生实在想不出她有什么好脸红的——在很小很小的一短片时间里，王莲生还突然看到了那棵柳树。他家乡的女人站在它底下，面若桃花。不知为什么，他觉得她就像一尾风干的鱼……他不看她，她就冻在那儿，等他远远地瞧瞧她，她这才活转过来。但即便活转过来，她也只是从鱼缸这头游到那头、再从那头游回这头的鱼——

“你走来走去当心点，这种鱼缸很容易弄碎的。”王莲生没头没脑地向娘姨甩出这一句来。那娘姨正忙着，没上心，倒是沈小红在旁边听了，咬咬嘴唇——他连堂子里的娘姨都要这样关心，就扭头白了他一眼。

二

这天下午，王莲生事先约好了带沈小红去见一个裁缝。那是个长着一头金发的白俄女人。近来上海流传着很多关于她的传奇版本，主要有以下这些：

第一，白俄女人经营的服装店是目前上海价格最昂贵的。

第二，白俄女人长得相当漂亮，身材则如同铅笔般细瘦。

第三，身为裁缝，白俄女人却拒绝为任何身材超过一定宽度的人做衣服。

沈小红最为关心的是第三点。她曾经颇为好奇地问王莲生：“这个一定宽度到底是什么意思啊？”王莲生想了想，觉得自己也回答不上来。在沈小红这儿，王莲生经常会遇到这样的情况。比方说，有时候沈小红会问他：“你们男人是不是都爱去这种地方呵？”又比方说，近来她最常问的：“你倒是说真话，不许骗我，那个在船上跳海的人，是你编出来的吧?”还有一次，他们不知为什么事吵了起来，沈小红蓬头垢面，一把眼泪一把鼻涕泼妇似的大闹。但过了会儿，她突然又软了下来，从后面抱住他，挂了泪的脸贴住他的背:“你这心不晓得怎么长的！变得真厉害——你不会不要我了吧?”

王莲生不知道该说什么，他明明晓得他的心不长在背上，但她的话却莫名其妙地有些叫他心酸。

有一些事情王莲生是清楚的。他是嫖客，而她，则是他用钱买来的女人。在上海，像她这样的女人有不少：沈小红住在荟芳里，周双珠住在公阳里，黄翠凤则住在尚仁里……像他们这样的关系也是常见的：嫖客们在她们身上花钱，买全套的红木家具，买衣服、首饰……一开始是不认识的，后来成了客人和官人。有的能好上很多年，有的刚好上就闹翻，还有的要好得头都要割下来……就连最后的结局也是有迹有循。有人就这么劝过他:“莲生呐，我这些时间看下来，越是跟相好要好，越是做不长。倒是不怎么样的，一年一年也做下去了。”

但有一件事情他却不是很清楚——有时候，他经常会听到一个细小而尖厉的声音在那里叫着:“我和你们是不同的……我和你们是不同的……”然而问题在于，他说不清楚究竟是哪里不同。这是个欲语还休或者说有些禁忌的问题。王莲生甚至觉得，就连多想想它，本身也是种禁忌。

这个下午时阴时雨，时雨时阴，王莲生去沈小红那里接她。弄堂里静悄悄的，平时那些卖五香茶叶蛋的、弹棉花胎的、修鞋的、算命的，一下全没了踪影。王莲生正低头默想，一个梳了刘海的女人突然从门洞里探出头，“哗”的一声，倒出一大盆面汤水来。

“哎哟，吓死我了！”她大白天见鬼似的，使劲拍着胸口，冲着王莲生大叫起来。

明明应该是王莲生吓一跳的，结果却是那女人被吓着了。王莲生不免也有些生气。但他一旦生气，话便说不太连贯，甚至还有些轻微的口吃。所以他干脆也睁大了眼睛瞪她——这一瞪不要紧，那女人竟然扔了手里的脸盆，两只手抱着脑袋，逃一样地进去了。

“刚才在弄堂里，我遇到个神经病女人。”两人在马车上刚坐定，王莲生便气呼呼地告诉沈小红说。

“神经病女人？”沈小红一脸诧异。

“你说怪不怪，她差点把水泼在我身上，却说自己要给吓死了。”王莲生恨声道。

“她长得怎样？”沈小红也觉得可乐，嬉笑着朝王莲生身边挤，但仍不忘追问道：“蛮好看的吧？”

“嗤，那也叫好看？梳了排刘海，十足像个马桶盖。”王莲生讲得咬牙切齿，心里略微舒服了些，但还是有不放心的地方，问道：“我今天是不是特别难看呵？”

“你不要瞎说。”沈小红柔声道。

“那她干嘛像见了鬼似的？”王莲生想起刚才的一幕，忍不住又问。

“这……”沈小红一时有些语塞，但她是个聪明女人，又凭借着长期的职业习惯，便远兜远转地把事情岔开去：“恐怕她是给上个礼拜的那件事吓坏了。”

“上个礼拜？”王莲生果然上当，顺着沈小红的思路问下去。

“上礼拜呵，我们弄堂里出了一桩事情。早上有一家的娘姨出去买菜，起得早呵，天还是有点墨黑的，墨黑还不算，潮漉漉的还有雾气。这个娘姨可能隔天晚上没睡好，打着瞌冲，走起路来一冲一冲的。快要到弄堂口的时候，她不晓得怎么脚下碰到一样东西，软乎乎的。她好奇地凑上去看，原来是一堆破布。她也是小孩子脾气，再用脚去踢一踢，这么一踢，那堆布就散开来了，里面露出一样东西来——你猜是什么？”

“铜钱？”王莲生脱口而出。去沈小红那儿时，他常给她带些东西。有时是她开口向他要的翡翠头面、玉佩，有时则是他一时兴起，在街边买的一朵肥白的栀子花，一包热烘烘的糖炒栗子……他去看她，多半是因为想她。但若是空了手去，即便她不说什么，他也会觉得不对。他不能光带了感情去，感情——即便它确实是存在的。这好像也已经成了禁忌。

“那么，是一只老鼠?”沈小红怕老鼠。王莲生头一次在她那儿住夜，月光底下，确实有只灰白的小鼠当屋穿过。沈小红吓得尖叫了起来。王莲生至今还记得当时的情景，在清晨三四点钟模糊的月色下面，她显得那样弱小、无助。其实他也是弱的，那天他刚看了场关于打仗的电影——里面那么多的死人，那么多的血，那么多的半死不活的扭动的肉体，还有那么多的人吃了枪子，扑通扑通地从船上往水里跳……

“还猜不出来啊?”这时沈小红催着问道。

“真猜不出来，”王莲生伸出手，轻轻拔掉沈小红头上的一小根白发，说道:“告诉我，里面到底是什么?”

“一个死婴……是男孩，脸色都发青了。”沈小红说。

白俄女人的服装店设在一家饭店的底层。沈小红和王莲生从马车上下来时，雨停了。天边挂着一小道虹。沈小红抬头望了望它，突然觉得眼前一阵晕眩。这一小道的虹吊在铅灰荫翳的天上，亮堂堂的直晃眼。同样亮堂堂的还有她身边这个高大的饭店建筑，白清水砖墙，中间嵌了道红砖的腰线，就像天生是为一个裁缝设计的。

灯光暗得更像烛光。地毯是吸音的，使人联想起林中积雪。很多很多曲曲折折的扶梯，很多很多长长弯弯的过道……全是看不见尽头的。点着烛光的林中积雪里慢慢走出一个人来。穿着白的制服，戴着白的手套。他说的话沈小红也听不懂。后来王莲生说话了，他说:“找丽蒂亚女士。”

裁缝丽蒂亚正坐在一张沙发上看报。在推开丽蒂亚的门以前，在长得让人产生幻觉的走廊里，沈小红还迎面遇到了好几个女人。两个极瘦，一个丰腴，另一个则特胖。“为了让她量腰身，今天中午我可是饭都没敢吃。”沈小红一面与王莲生小声打趣，一面思忖着，这名叫丽蒂亚的女人一定是有怪癖的。沈小红以前也见过几个白俄女人，也美，但多半是又粗又大，在中午白得冒烟的日头下走过时，灰绿色的眼睛斜视着，身上像冰山……所以坐在沙发上真正的丽蒂亚抬起头来时，沈小红不由得愣了一下。所有的事情她都想对了，但又不全对——丽蒂亚确实漂亮，但更像蜡像馆里好看而生硬的蜡人，没有一点点即便是肮脏的人的气息。丽蒂亚确实很瘦，但她穿了件罩住脚背的中式袍子，只露出高高突出的锁骨——丽蒂亚也确实奇怪，因为沈小红盯着她看，她也回看，用那双冰冷的不像是人的眼睛、异域的眼睛……沈小红手足无措地涨红了脸，但丽蒂亚的脸一直是白的。沈小红想，那多半是因为冷漠。

屋里的窗帘下着，看得出是用好布料做的，但已经有点褪色了。壁炉里冒着火星，噼的一下，啪的一声，不知道是刚生起来，还是马上就要熄掉。几盆小菖兰和杜鹃花可能才从暖房里拿出来，被随意地摆在角落里，有点蔫，正打瞌睡似的。还有一只蜷成一团的波斯猫，懒洋洋地躺在丽蒂亚脚下，睡着，却像死了一样。丽蒂亚慢条斯理地把报纸折起来，再折一道，轻轻地在膝盖上磕两下，这才冲着沈小红开口道："你的腰围，多少？"

看得出来，丽蒂亚的中文不太熟练，但沈小红却觉得，这样短促而确凿的表达才是最适合她的。所以当王莲生提出要为她们当翻译时，她坚决地摆手拒绝了。

"一尺八寸……也可能一尺七寸吧。"沈小红看着丽蒂亚脸色的变化，犹犹豫豫地回答道。

丽蒂亚微微皱了皱眉，简短地说："量一下，过来。"

丽蒂亚的手在沈小红腰里蛇一样地滑动。她金黄色的头发像火，但那火是没有温度的。她手里拿着笔直的裁缝专用尺，手上暴出清晰的青色的经络。她们两个离得那样近，沈小红几乎能闻见白俄人身上那种微酸的体味……但不知道为什么，沈小红就是觉得丽蒂亚不像一个血肉之躯。她有种强烈的感觉——丽蒂亚从头到脚都像个假人，连《聊斋志异》里的鬼都不如，因为没有心。

又过了一会儿，丽蒂亚的手终于停了下来。她冷冷地，自言自语般地说道："一尺七寸半。"

沈小红好奇地问道："那，可以吗？"

丽蒂亚点点头，顺带把"可以"或者"不可以"省略了。

任何一个女人，只要讲到衣服或者男人，总是免不了眉飞色舞的。沈小红一迭连声地比画着说下去："哪，绲边要阔一点，用深紫色，宝蓝的也行……领子要高，边上斜出来。底边长些，盖住脚才好……"她自己没在意，倒是旁边的王莲生用胳膊肘捅了捅她，还闷闷地咳了几声。

这时沈小红才注意到，丽蒂亚正一脸厌倦地摇着头。

沈小红惶惑地看看王莲生，又惶惑地看看丽蒂亚，问道："怎么？"

丽蒂亚的回答仍然很简短，一字一句都要算钱似的说道："什么场合穿？只要告诉我。"

沈小红这时多少也被她的简洁感染了，一字顶一字地回答说："饭局。"

丽蒂亚牵牵嘴角道："行了。"

沈小红诧异地脱口而出："行了？你连款式都不问问我？宽袖还是窄袖？高领还是低领？长度多少？绲边的颜色呢？你怎么就知道行了？"

丽蒂亚一如既往地明确道："不需要这些。你没有发言权。拿衣服，半个月以后。"

这个饭店的顶层是个装修考究的餐厅兼舞厅。在一个临窗的座位坐下后，沈小红这才惊讶地发现，黄浦江竟然就在底下。薄暮下面，泛着波光的江面上缓缓行驶着几艘中国式的帆船。沈小红有个远房亲戚就住在徐家汇的河上，那是只不足六米宽的小舢板，上面盖着藤条的顶棚。沈小红第一次去那里时，一个裹了小脚的女人正坐在船沿上为一只拖鞋绣花。她悄悄地告诉沈小红说："是为外国市场做的。他们要很多双这样的拖鞋，白色的，丝的。"船舱里面，几个男人正围着打麻将。一些浅蓝色的烟雾从烧木炭的炉子里升起来……空气里充满了一种臭水沟的气味，直到离开，沈小红都没弄清，那种气味究竟来自浑浊的河水，还是和那几个光脚赤膊的男人有关。

"看，丽蒂亚——"这时，沈小红听到了王莲生压低的声音。

确实是丽蒂亚。这个顶层餐厅由一架老式电梯接送客人，此时电梯口出来的两个人里，一个就是裁缝丽蒂亚。丽蒂亚穿了件紧身的黑色晚礼服，脖子那儿垂着一长串硕大的珍珠。她的金发在脑后挽出一个厚重的发髻——夕阳下面发光的山峰也就不过如此吧。而另外一个，是此刻正站在丽蒂亚旁边高大帅气的男子，此人皮肤稍稍有点黑，但眼睛亮得像两盏小灯。

"那是她丈夫，据说还是个时髦的海军军官。"王莲生犹豫了一下，继续说道："她丈夫是个中国通，他们每天晚上都来这里跳舞，大家都说他们在一起跳得很美。大家还说……他们非常相爱。"

一个穿白衣服的中国雇员走在前面，丽蒂亚和她那军官丈夫跟随在后。丽蒂亚显然已经认出了沈小红他们，她低下头，和丈夫低语了几句。

“你们好！”沈小红正低头吃一份马里兰炸鸡，高大的海军军官已经站在了她和王莲生面前。

很显然，相对于丽蒂亚的沉默，她的军官丈夫是相当健谈的，他从服务员手里接过一杯加了冰块的酒，耸了耸肩说道：“丽蒂亚从来都不肯为我做衣服，她说我的宽度超过了尺寸。”接着，他像是突然想到了什么快乐的事，笑着高声说道：“你们知道吗，丽蒂亚是个怪人。”

然而沈小红觉得丽蒂亚的丈夫也是奇怪的。他喋喋不休地说话，喋喋不休地喝酒。他小灯一样的眼睛一直照在丽蒂亚身上。他说：“丽蒂亚每天早上都在窗口看着我出门，我骑着那匹可爱的蒙古矮种马，那还是去年秋天的时候买的……那可真是匹好马，是吧，丽蒂亚？”他又说：“对了，你们知道内蒙古的矮种马吗？它们长在中国的内蒙古草原上，每年一次被人赶到南方来。只有在长江流域的马市上才能买到它们……你知道它们有多棒吗？”他转过头看了看王莲生。王莲生有些茫然地摇了摇头。“你知道它们有多棒吗？”他又回头看了看沈小红。沈小红也不知所措地摇头。“它们可真是棒极了！”这回，他什么人也不看了，自顾自地说下去：“你们知道吗，一匹五十英寸左右高的马，它就可以驮起一个重达一百四十磅的人！一百四十磅！想想看，一百四十磅！”

夜色已经像军官鼻子里喷出的雪茄烟，一点一点弥漫起来了。沈小红注意到，军官说话的时候，丽蒂亚总是沉默着在听。如果说，下午的丽蒂亚像尖锐而冷的冰，那么此刻，丽蒂亚就被笼在那层浓浓的烟雾里了。也不知道为什么，沈小红突然想起，曾经有一次，她在弄堂里看到过一匹受惊的白马。它远远地奔来，叫声凄厉，鬃毛飞扬。它一连踩伤了好几个人。但沈小红却一直记得，那匹马的眼睛是红的，好像在哭。

军官的话也像那匹惊马，一旦脱了缰，就很难再停下来，“但驯养矮种马可不是件容易的事。草原上的马野性可真厉害，一开始非得三个人帮我才行，两个人抓住马头，第三个人按牢它的一条后腿……啧啧，那可真是要命的事情，真是要命的事情……”他的身体奇怪地晃动起来，仿佛此刻正骑在马上，行于途中。

这时王莲生也喝了点酒，有些兴奋地加入了谈话。他说他倒是凑热闹去看过赛马会，每年春天和秋天都各有一次。他兴致勃勃地说道：“那时好多人赌，连小姐都赌——她们倒不是赌钱，她们赌扇子、女帽、雪茄烟盒，甚至还赌男朋友。”

大家哈哈大笑。军官笑得最响。

沈小红又插话进来道：“那也应该是外国小姐吧。”沈小红不会赌钱，钱是自由恋爱从男人那里赚的，虽然还不够自由。

军官的眼睛闪闪发光道："我倒见过一个，穿着好看的绸衣服。"身边的丽蒂亚这时竟然舒展了眉眼，军官便愈发开心起来道："中国女人，好看的。"回头看一眼丽蒂亚，又一字一句地补充道："当然，丽蒂亚最好看。"

就在这时，舞池里奏响了低沉的乐曲。一个矮矮的系了黑领结的老头，突然幽灵似的站在了那里。灯光很暗，闪烁不定，老头的脸一会儿白得像个死人，一会儿焦成一根木炭。他微微地垂着头，看上去有些漫不经心。又过了一会儿，老头抬眼看了看下面的观众——这是所有的事情里非常奇怪的一件。因为很多人都觉得老头是在看他们：沈小红，王莲生，丽蒂亚，丽蒂亚的军官丈夫，邻桌那一对路都快要走不动的上海老夫妇，两个站在暗处、旗袍开衩到腰部的中国流莺，手里端着法国香槟的白衣侍者，还有电梯门刚刚打开，里面走出的一位漂亮女士——天使也没她好看，修女都不如她冷漠……

老头的脸上浮现出一种微笑。他要唱了。每个人都觉得他是唱给自己听的。

"丽蒂亚！来，我的小丽蒂亚！"

军官摇摇晃晃地从座位上站起来。他一站起来，丽蒂亚也起来了。他们俩手拉手地走到舞池里去了。他们俩一走进池子，已经站起来或者刚想站起来的人，就又纷纷坐了下去。

但歌声已经起来了，丝毫没有停顿。

“太阳升起前忧郁向我袭来

我泪水汪汪

太阳升起前忧郁向我袭来

我泪水汪汪

我不喜欢这种情感

它令人多么悲伤”

沈小红目不转睛地盯着他们。丽蒂亚和她的军官丈夫，他们确实跳得美。美得简直就不能叫舞蹈，而是黄浦江上升起的一个梦。但这个梦很快就被邻桌的那对上海老夫妇打破了。

先是听到老先生不断地用手轻敲着桌子，他长长地叹了口气，说道：“一对可怜的人呐。”

应该是恩爱夫妻，因为白发苍苍的老太太也习惯性地跟着叹气。但其实是不明就里的，所以叹完气后，她紧接着又好奇地问：“为什么？”

老先生继续感慨道：“没有家了呀。上海的这些白俄都没有家了呀。”

老太太跟着感慨道："是呀，没有家了呀——为什么呢？"

这时老先生压低了声音，用男人谈论时势政治时的标准语气缓缓地说道："他们的政府取消了他们的公民权。因为他们现在住在国外，所以就再也回不去了。你知道吗？他们现在已经是难民了。"

听着这些奇怪的词：政府、公民、难民……老太太脸上像焰火一样变幻着、惊讶着。她一边点头，一边继续发问道："怎么会有这种政府的呀？"

老先生感慨而欣慰地点头，再点头，嘴里不停叹息着："没有家了呀，没有家了……"他是有家的。自家的窗户外面也能看到黄浦江。就连将来的归宿也安排好了，比较新派地、非常潇洒地关照小辈他们道："以后也不要你们多操心，就把我葬在黄浦江里好了。"

不知怎么的，就连随和的老太太也有些伤感，一时沉默了下来。他们沉默了，沈小红却突然扭过头去，看着灯光下闪烁不定的王莲生，用一种非常认真、非常严肃的口气问道："上次，你说的那个跳海的人，是真的吗？"

三

这是一个繁花似锦的春日。

隔天夜里沈小红没睡好，迷迷糊糊的，却老是听到隔壁弄堂里的狗叫声。她两次推窗去看。第一次是光看到月亮，亮堂堂的，像一张上了白粉却没有五官的戏子脸。第二次刚好有个黑影窜过去，“嗖”的一声，还连带一个飘远了的声音：“着火了！着火了！”

沈小红心里猛一惊，刚想下楼叫人去看个究竟，那黑影却在不远处站定了，只听有人嘶哑了嗓子在叫：“在东棋盘街那儿呢！”

后来，便是敲钟的声音，好像是四声。再后来，那钟声突然变成了沉闷的鼓点，一连串清脆的拍板——竟是戏园子里的氛围了。这时，一张上了白粉五官清秀的俏脸露了出来，幽幽唱道：“一霎时把七情俱已昧尽，参透了酸辛处泪湿衣襟……我只道铁富贵一生铸定，又谁知人生数顷刻分明。”

那脸、那身段、那回眸的眼风……即便磨成了灰，沈小红也认得他。她伸出手，娇媚地迎向他，眼前却突然空蒙起来。“嗡”的一下，像无数碎白珠子串成的雨帘，就那样隔在那儿，隔着他和她。她穿过了一道，却还有下一道。层层叠叠，总也没有完——本来就是挣扎着才好不容易睡着的，这不，刚刚才入梦，一下子便又醒了。

但天确实是好天。像这样的好天，在一年里也是难得遇上的。荟芳里的小院子，那些种着的花全都开了，桃花、梨花、杜鹃、山茶、牡丹、芍药……就连王莲生撩起衣摆下了马车，缓缓步入——穿越了无数开着花的树枝、散着香的花瓣——终于出现在沈小红面前时，她也突然……有了一丝细微的惊喜。

他们想去龙华附近的一个小寺求签。这是好几年来的老习惯了。前些年他们去的都是有名的龙华寺，坐着马车去的。一路上全是马车，风尘滚滚，马车上坐的都是像他们这样的香客，虔诚的，或者并不那么虔诚的。他们烧香、许愿、求签，还顺带去看看风吹铃响的龙华古塔。但去年却出了点意外。赶马车的车夫不知怎么走岔了路，走着走着，发现路上只剩他们一辆马车了。路越走越错，但景致却是越来越好。路边开着桃花，林中飞着鸟鹊，还左一点右一滴地飘下雨丝来。两个人渐渐地都不想回头了，像孩子一样在车上嬉闹起来。这样突然一个拐弯，那个野地里的小寺就梦幻般地出现了。

王莲生先下车，走了几步，回头向沈小红招了招手。

一路都是湿漉漉、绿油油的竹林。雨不大，反倒每一丝每一滴都在竹叶上站稳了脚跟。空气里织着雨雾……连雨雾都是绿的。

“真静呀，要闹鬼似的。”沈小红小声嘀咕着。

竹林的尽头是座石桥，寺庙则在石桥的那一头。旧得掉漆的寺门大开着，但里面看不见一个人。往寺门里望进去还是竹林，看不到尽头。

“吓人伐，吓人伐。”沈小红的声音变得有点不自然起来。

“蛮好的，别瞎说，蛮好的。”王莲生伸出手去，正好和沈小红的手抓在了一起。两个人——嫖客王莲生与妓女沈小红，就这样手牵着手，在雨雾里慢慢地飘了过去，飘过了竹林，飘进了没有门框的寺门，又飘在另一片看不见尽头的竹林里了……

那天他们每人都求了一次签。一个面无表情的老和尚站在旁边为他们敲钟。他先是问沈小红说：“你拜不拜啊？”沈小红连忙点头回答道：“拜！拜！”老和尚就面无表情地为她敲响了钟。接下来他又问王莲生道：“你呢？拜不拜啊？”王莲生还没来得及回答，或许是刚才受了点凉，喉咙里一阵发毛，一个很响的喷嚏脱口而出——但好像谁都没有注意到王莲生的失态，因为老和尚已经面无表情地手起钟响，只听到：

铛——　　铛——　　铛——　　铛——

铛——　　铛——　　铛——　　铛——

他们事先约好了，求来的签彼此不看。非但不看，而且不说。然而，从寺里出来，重新坐上马车踏上回去的路，王莲生与沈小红却不约而同地得出了这样的结论：明年还得来一次。不去龙华寺了，就来这里。还让那个面无表情的老和尚敲钟。

还是那个走岔路的车夫，还是这个季节，口袋里还装着去年求来的那支签。他们想着：等到还了愿，就告诉对方签上到底写了什么。他们没想到今年再也找不着那个寺了。

回来的时候已经时近午后，车夫急得满头大汗——这回不是因为出错，而是为了再也没法第二次同样地出错。车子刚进弄堂，沈小红就赌气下了车，头也不回地进了荟芳里。虽然沈小红有时也是任性的，但这天的王莲生原本就心里不快，也就漠然地没去理她。

马车沿着弄堂“的的”而去，一个手里挽着元宝篮、压扁了嗓门叫卖“栀子花”的刚嚷出半句，抬头看到王莲生的脸色，吐吐舌头，活生生地把下半句重新咽了回去。在不断晃动的马车上，王莲生一声不响地坐着，同样晃动着的还有他抓在手里的一件东西。那是去年王莲生在那个小寺里求来的签条。去的时候，王莲生把它小心翼翼地放在身上，但是现在，它突然变得不真实起来。王莲生觉得，它就像捏在手里的一大把沙子，走一路，散一路。

下午王莲生在自己的公馆里睡了一觉。大约三四点钟的时候，女裁缝丽蒂亚的军官丈夫来找过他一次。他手里夹了支雪茄，在王莲生客堂那面挂着字的白墙前站了会儿。这些日子，军官不时会来王莲生这里坐坐。有一次，军官很好奇地询问王莲生：什么是“装一支令人满意的烟枪的窍门”；还有一次，他突然瞪大了那双蓝眼睛，不无愤慨地说道：“你们中国的老子，那个叫老子的，他凭什么说天底下的人都和狗一样呢！”

不过这天下午，军官倒是没和王莲生探讨什么。他不停地喝着王莲生沏的新茶，显得很沉默。倒是王莲生没话找话地问他道：“丽蒂亚呢？可好？”军官狠喝一口茶，又是摇头又是微笑地说道：“她倒是好——只是更怪了，客人上门做衣服，腰围超过一尺七寸半的一概不做。”王莲生看着窗外，心不在焉地问道：“那以前是多少呢？”军官叹口气道：“以前倒还是一尺八寸的。”

喝了两杯茶，军官就急匆匆地起身告别。王莲生礼节性地挽留他，他却连连摆手道：“你不知道的，丽蒂亚最近迷上了骑马！还不太会骑呢，胆子倒比男人还要大！”又放了轻声道：“最近我们新买了一匹矮种马，丽蒂亚管它叫‘烈焰’……”这时，军官的身体像真被火焰烧着似的，微微抖动，轻轻摇晃道：“过一会儿我们又要去骑马了，所以我还得赶着去添点马具。”稍停片刻，他又怜爱地摇头道：“这女人——这女人——”

是傍晚时分开始起风的，王莲生正呆坐在窗前发愣，一张嫩绿的叶片突然旋转着扑上来，正中他的鼻尖。一股腥甜的春天的香气。去年，他和沈小红从那个小寺回来的途中，正遇上一群穿了赛马服的男男女女。一个黑衣人一声令下，马夫便揭去盖毯，束紧肚带。骑手们纷纷上马。沈小红和王莲生的马车还在后面跟着跑了一段。都是些平坦的乡间土路，路边散布着高高低低的坟堆和周围长着杨柳的澙湖。透过或疏或密的树丛，王莲生还看到一个由鸬鹚帮着捕鱼的人。十几只鸬鹚出操似的，在他的舢板边站成一排，脖子上扣着金属做的圆环……

到处都是风的声音、马的汗味，还有紧贴在后背上的女人的香气——当然，那是正奔跑着的丽蒂亚和她的丈夫，他们骑着那匹名叫“烈焰”的马。在他们头顶上，一只喜鹊久久盘旋——王莲生突然觉得心头一阵发热，眼睛在屋子里忙乱地四下寻找起来。

那根签条好好地躺在八仙桌的一个角上。上面是简简单单的四个字:“华枝春满。”

还是那条静悄悄的弄堂，还是那种古里古怪的天气，刮点风过后，阴了一阵、雨了一阵，还是那个经常回响在王莲生心里的细小的声音:“我和你们是不同的……我和你们自然是不同的……”甚至那个挽了元宝篮的人也没走远，他显然是认出了王莲生，但这回他把一句话悠长而婉转地唱了出来:“栀子花——要伐啦——白兰花——要伐啦——”

一切都是那样似曾相识。那把抓在手心里的流沙，回光返照似的，一点一滴再聚拢来。金鱼游回了鱼缸，落叶绽放在枝头……突然，在一个石库门前面，一个梳了刘海的女人探出头来，似笑非笑地看着王莲生。

这回是王莲生被吓了一跳。他下意识地退后两步，缩了缩脖子，等着一盆面汤水从天而降。

然而没有，刘海女人起手捋捋额前的头发，嘴巴贴近了王莲生的耳朵道："落雨了，憨大!"她嘴里吐出的热气，在王莲生的耳根上凝了几小滴水珠。王莲生只觉得无数颗暖融融的小水珠，在他心里升起来，落下去；落下去，又升起来……他闭着眼睛，听到一个不太像自己的声音在那里说道："你说什么？你刚才在说什么？再说一遍，你再说一遍。"

刘海女人的手从那条开衩到腰部的旗袍里伸出来。小白蛇般，慢慢地游在王莲生的下巴那儿，又凉又腻的。她笑道："憨大！我说你是憨大!"

十分钟后，王莲生衣衫不整地从石库门里奔出来时，刘海女人蛇一样的声音还在耳边回响着：憨大！我说你是憨大！他才奔出几步，猛想起刚才脱衣服时，那根去年的签条忘在了刘海女人床边。但要再进去拿，他却是万万不乐意的。那疾风骤雨的十分钟，王莲生只觉得时光倒转，他变得完全不认识自己了。那个沉默、文雅、有教养的王莲生，那个爱美、懦弱、感时伤怀的王莲生，他们到哪里去了？风疾雨骤，他非但把自己吓坏了，更是一分钟、一分钟地浇灭了疯长的火……所以等他再次回到寂静的弄堂，听到远处压扁了的卖花声——王莲生只觉得彻头彻尾的冰凉。他真是恨透了自己，他真是发了疯了！

王莲生靠在一棵柳树上整理着衣服，神思恍惚。此刻，他是这样地厌恶着自己，从而厌恶起所有的人。他觉得他的手是脏的，他的脚是脏的，他的嘴巴也是脏的。

“铜钿有伐？”一个穿得破破烂烂的黑面小个子，不知什么时候冒了出来。

王莲生觉得他的嘴是脏的，所以板着脸不愿意说话。

“铜钿有伐？”小个子的手在王莲生面前摊开来。墨墨黑的一双手，王莲生看着就觉得恶心。王莲生不愿意理睬这样脏的手。

“活命的铜钿，先生行行好，给一点吧。”小个子说话字简意赅，温文有礼。要在平时，王莲生一定会喜欢这样聪明的乞丐……但今天的王莲生一意孤行。他不愿意说话，不愿意行动，甚至不愿意理睬。

几秒钟以后王莲生就倒在了那棵柳树下面，带着一道致命的伤口，吭都没有吭一声。谁也没想到小个子乞丐会有这样好的身手。他一下扳住了王莲生的脑袋，用刀片割断了王莲生的喉咙。乞丐随手把刀片扔在了地上，一把扯下王莲生身上的玉佩，转身就走。

而此时，隔了几十步远的荟芳里，沈小红正和一个男人歪在床上。沈小红侧着身子，正熟练地装一支烟枪。而那男人，则一只手撑着下巴，另一只手在空气里翻着兰花指——他的五官看上去倒是更像女人，即便现在还没上白粉，正素净着一张清水脸。

天色一点点地暗了下来。天上挂着一小片铅灰色的云，云里一小角月亮探出头来，斜斜地，吊在那里，像一小把薄薄的刀片，只有颤巍巍的锋利，没有光。

沈小红把手里装好的烟枪轻轻磕两下，再磕两下，然后才递给了身边的那个男人。"拿去——" 她笑道，"像是上辈子欠你的——昨天晚上还梦着你呢！害我又是一晚上没睡好。"

那男人接过烟枪，嘴里含糊地答应着。不知为什么，他的声音听上去也像是空气里的兰花指，羽化成蝶的时候就是这样的。

沈小红仰脸看那男人，嘴角眉心都带着笑。过了会儿，她像是想到了什么，直起身子，非常认真地问道："有桩事体倒要问问你，你说，在一个有鲨鱼的地方，一个男人突然跳海了——你觉得是真的伐?"

还没等及那男人回答，远处突然传来了喧闹的人声。有敲锣的声音，哭声，鼓声，小孩的尖叫声……那男人怔了一下，说好像是哪里在出殡。但因为远，最终是听不分明的。两人一时来了兴致，想到窗口看看。下床的时候，不知是谁带了一下，“啪”的一声掉了件东西下来。

男人好奇地捡起看了看，是一根寺庙里的签条。他翻过来，倒过去，然后轻轻地念出声来：“天——心——月——圆——”

月亮终于慢慢地从云里爬出来了。毕竟是春暖花开的季节，月亮即便不圆，也像是月圆，还有一股好闻的香味。月色普照大地。但是，躺在地上的王莲生，以及躺在床上的沈小红，他们谁也不知道，就在刚才起风的时候，有人在近郊的稻田里发现了裁缝丽蒂亚和她的军官丈夫。他们都已经摔死了。而那匹名叫“烈焰”的马横在一边，正喘着粗气。

人们很快确认了丽蒂亚和她丈夫的身份。因为他们在中国没有其他亲人，几天过后，一些朋友就把他们葬在了海里。在岸边，他们举办了一个小型的中国式葬礼。一个老和尚被请来做法事。他闭着眼睛，嘴里叽里咕噜了一会儿。然后，老和尚非常卖力、非常卖力地敲响了手里的一面铜鼓。

春风沉醉的夜晚

一

我、夏秉秋、查丽丽，我们三个最后一次见面是在两年前，柏林自由大学的一次学术会议。当时我们的关系如下：我和夏秉秋同时被邀请参加会议，夏秉秋是德籍华人，常居柏林，而我从上海坐德航经法兰克福转道柏林。我们素不相识。至于查丽丽，她是我十八岁以后的闺蜜，这样的关系已经延续了差不多另一个十八年。那一阵她正好在德国修最后的 MBA 课程，有个短暂的假期，于是她决定来柏林和我见面。当然，与此同时，也见到了同样素昧平生的夏秉秋。

就这样看起来，事情似乎是相当新奇而愉快的。毫无疑问，我和查丽丽都很喜欢夏秉秋，这位戴深色琥珀框架眼镜的中年人，消瘦、严肃，同时又拥有一种微妙肉感的幽默。他带我们在暴雨中的柏林博物馆岛转了两天，又在威廉皇帝纪念教堂前的广场享受了一下午咖啡时光。这两件事可说虚荣，也可言着实快乐充实，单看你如何理解。反正我和查丽丽为此相当着迷。

为了较为精确地复述当年这段争风吃醋的风流韵事，我得把我和查丽丽，以及我们之间的联系再简单介绍一下。我和查丽丽都出生于准工人阶级家庭，以我的资历和后来累积的人生经验，我猜测早年的查丽丽孤僻、内向、相貌清秀但略显平板。在成长过程中，我们都接受了还算不错的教育，在各自的领域有所发展；同时我们还热爱时尚，经常添置一些光鲜的衣物。凡此种种，都让我们的家庭背景在一些非熟人圈中显得有些神秘莫测、不好估量。在那个阶段，还有一方面我和查丽丽非常相似：对于比我们穷或者看起来比我们穷的那一类人，我们几乎完全不感兴趣。恰恰相反，我们所有的人生经历以及后来的努力，都是为了尽可能地远离他们……

当时我是上海一所二三流高校里的普通教师，之所以有机会去柏林参加那次会议，真正原因是系主任另有急事。当然，他平时打量我的时候，眼神里也常有一种不难猜测的异样……不管怎样，我完全就是个替代品，就连会议上我的席位卡也是匆匆赶就，其间还出了一个小小的差错。然而，无论如何，出席这样高朋满座、名流云集的会议，着实让我兴奋激动了一下。正是出于这种微妙的心态，我联系了在另一个城市里的查丽丽。

“我在柏林……开学术会议呢!”

我听到电话里自己那欢快雀跃的声音。

现在就要讲到我的另一个奇怪的爱好，从很小的时候起，我就具有一种辨别声音的能力。其实事情本身远远没有这么玄妙，或许，只是我的听力较于常人要更敏锐一点……那些更细微的、被常人忽略了的东西，它们，在我的耳朵里，被有效地放大并识别了出来。确实，这是一件很有意思的事情。

然后，我听到了电话那头传来的查丽丽的声音。

“是嘛是嘛，学术会议？有很多人参加吧……”

查丽丽的声音一直有一种向上飘浮的意味。她的声音和她现在的职业走向是一致的。她读 MBA 时向我借了一点钱。她很直率，这是她的好处。她坦坦荡荡地告诉我，对于她来说，修这个学位只不过为了提高自己的社会地位，找个好工作。当然，运气好的话，在这个过程里，或许她能遇到一个合适的人。

查丽丽向柏林自由大学飞来的时候，我就一直在想着，与其说她来看我，不如讲，她暗暗觉得，在这个高规格会议的某个角落里，正暗暗地藏着那个“合适的人”。

这种小把戏小心思我也有，所以即使她不明说，我也完全明白。

参会的人我几乎一个都不认识。他们是专家、学者、教授……他们很有礼貌地向我打招呼、微笑，有点狐疑地看着我，再次微笑……最终，他们回到自己的圈子里去，把我孤独地甩到了一边。

夏秉秋就是在这个时候出现的。他陪我一起吃自助餐、在校园里散步，我拿着系主任发言稿代为朗读的前一天，他还特意交代了一些国际会议中必须注意的细节。你知道，这样一个人的出现无法不让我感觉温暖，甚至都有点涕泗横流的感觉了。

发言结束后，夏秉秋约我第二天下午去柏林威廉皇帝纪念教堂前的广场喝咖啡，而就在那个傍晚，查丽丽到了。

于是，第二天下午，我们三个人，不，还有另一位夏秉秋的朋友，那是一个下巴浑圆、脸色微红的中年人，和夏秉秋差不多年纪……夏秉秋含含糊糊地把他介绍给我们。此人姓葛，于是我们都唤他作葛先生。

葛先生话不多，好像有着什么心事。当然了，也有可能他只是要把说话的时空留给夏秉秋。夏秉秋一直在不停地说，而葛先生默默地喝着咖啡，偶尔停下来看一眼夏秉秋，微微笑一下。

他俩看起来交情不错，仿佛还挺默契似的。但很快，我和查丽丽的注意力就被夏秉秋见多识广、古怪精灵的谈话吸引过去了。

夏秉秋先是讲了一件与声音有关的轶事。他说，很多年前，他曾经在东德生活过一段时间。在那里，他遇到一位奇怪的男子。那人的工作是收集不同的人的声音。譬如说一连三个月不见雨水，他便要背着沉重的机器收集水务局官员的声音；或者是一连十天淫雨不止，此人又得背同样一部机器收录水务局或者是天文台的官员和木屋居民的声音。

因为夏秉秋讲到了声音，我觉得有趣，于是手肘撑在咖啡桌上，望向正滔滔不绝着的夏秉秋。

很显然，查丽丽也被什么东西吸引住了。她张大了嘴巴，像是要把夏秉秋一口吃下去似的。

而这时，夏秉秋突然话锋一转。

“对了，你们知道王道士的事吧？”他把头转向查丽丽，很快又朝我侧过来。

“王道士？”

“是的，就是敦煌那位王道士。”夏秉秋冲着我们挤挤眼睛，就如同一个偷藏了糖果的调皮小孩。

夏秉秋说，那位王道士，湖北麻城人，家贫，为衣食计，逃生四方，后来还把敦煌珍贵的经卷卖给了外国人。故事的前半段大家都知道，关键在于后面那部分。按照夏秉秋掌握的材料，王道士后来没有那么多真经可卖，就开始伪造经卷，他使用了一种简单却又离奇的方法：用1、2这两个数字组成混乱的图案，这种上下左右、颠颠倒倒的组合，成功而完美地骗过了购买者以及观赏者的眼睛，直到几十年以后，才被研究者发现。

……

现在回想起来，那个阳光明丽的柏林下午，从头到尾都笼罩在一种纠缠迷离而又有些诡异的氛围之中。显而易见，我和查丽丽都被夏秉秋迷住了。他在讲述一种我们没有经历过的生活，比我们的要宽，仿佛也比我们的要高很多。我们争先恐后地奔向那种东西，围住那种东西，就如同我们当年去高级商厦闲逛购物一样。我和查丽丽彼此都看到了对方眼睛里的光亮。

我们太相互了解了。

而那位葛先生，对了，我们差点完全忘掉了那位葛先生。他一直低头不语，比我们每个人都多喝一杯咖啡。直到夏秉秋口干舌燥、说话暂告一段落时，他才悠悠地说了几句话。

说虽不多，却着实让我们愣住了。

他表示的好像是这样的意思，说夏秉秋确实是经历丰富的人，不说其他，“他第一任妻子是阿根廷左派，第二任则是波兰的共产主义战士……”

夏秉秋轻轻地阻止了他，于是葛先生便没有把话再接着说下去。然而这样的事情已经完全超出了我们生活的半径，查丽丽张大嘴巴，发出一声干涩的“呵”——

而我，则清晰地听到了，从自己喉咙里冒出来的如同泉水般的“咕咕”声。

我不能判断葛先生所说的是真是假，很可能只是老熟人之间的调侃，没有确定意义的。也或许只是葛先生看到夏秉秋那天风头出尽，找点小插曲取笑取笑而已。

那天后来葛先生告辞先行，我注意到夏秉秋站起身，他们俩在树荫下窃窃私语了几句。还有一个细节，临走时，葛先生特意走过来问我们要了联系方式。根据女人的直觉，我认为他真正想要的是查丽丽的而并非是我的。当然，我并不在乎这个。我想，查丽丽也同样如此。

接下来，那个柏林的晚上，我、查丽丽、夏秉秋一起共进晚餐。

我们吃饭的地方在施普雷河边一家又窄又长的酒馆里，灯光昏暗，到处是啤酒杯叮叮当当的碰撞声。不知什么时候又下起了雨。我记得那天查丽丽喝了很多黑啤，我则显得有些莫名的忧郁。我在临河的窗口站了一会儿，远远能看到威廉皇帝纪念教堂的尖顶。白天的时候我进去转了一下，黑乎乎的墙体上残留着弹孔，几乎还能闻到二战期间炮火的气味。它就像一个受伤的庞然大物，黑暗、破旧，我弄不明白，德国人为什么一直没有放弃它。

我站在饭店窗口的时候，可以不时听到查丽丽因为兴奋而发出的尖叫声。我的心情像天边的乌云一样变得阴沉起来。说真的，我有点后悔同意查丽丽来这里相会。这无疑是一个荒唐的决定。否则的话，与夏秉秋共进晚餐的将是我，仅仅是我。我和夏秉秋会延续着关于王道士的讨论，听着雨水发出的那种微弱的声音，它落入施普雷河里，然后消逝，然后，会有另一种东西清晰地伸展出来。

如果事情是那样的一种形状，我不会突然想到那个如同阴影般的教堂尖顶，我更不会如此烦恼而又无可奈何地去思考这样一个问题：

夏秉秋，这个男人，到底是对我，还是对我的朋友查丽丽更感兴趣一些。

不过，话又说回来，就当时来说，与其讲这是一个严肃的问题，不如说只是一种微妙的感觉。说句实话，这种感觉，和我当年与查丽丽同逛商场，看到一件可心的物品，双方暗地较着劲，都企图占为己有，以此装扮自我、抬高身价诸如此类，本质上其实并没有太大的差别。

查丽丽在柏林的停留时间是三天，就在她离开的前一天，我们约好三个人一起去犹太人博物馆参观。

我在旅店大堂徘徊着等待查丽丽和夏秉秋时，接到了上海学校打来的国际长途。大堂角落有一排陈列柜，我躲在其中一个后面，向事成归来的系主任汇报会议情况。正说着，楼梯上传来了沙沙的脚步声。磨砂玻璃的暗影里，查丽丽和夏秉秋，一前一后，缓缓走来。我一阵慌乱，不由闹出了动静。

我仿佛看到查丽丽在和夏秉秋窃窃私语……我不能确定

查丽丽是否把我的冒牌身份告诉了夏秉秋。虽然她并不彻底了解这次会议的前因后果，但作为一个替代品和冒牌货，我感觉后背有丝丝的寒意和莫名的恐惧。我匆匆挂断电话，夏秉秋和查丽丽已经来到面前。查丽丽有一种游离于主流世界之外的表情，夏秉秋则一如既往，他一手拿着雨伞，另一手挽着卡其色的棉质风衣。

他礼貌而俏皮地向我微笑。

我感到了忧郁。

那天的中午和下午，那种熟悉的忧郁就如同柏林的湿气，紧紧包裹着我。我甚至有一点小小的结巴，我知道，当我不太想说话或者突然退回内心的时候，经常会有这种口齿不清的情况。声音在耳边有很响的回声，然而并不连贯。声音的发出和散播都有一种疼痛。我尽量地远离他们，走在他们前面，当夏秉秋和查丽丽参观一个地方的时候，我假装穿越庭院，踱步小径。我留出空间给他们，有时居然也有一种自虐的快感。

当天晚上，在冷冷的雨丝里，我假装热情地与查丽丽告别。

我和查丽丽拥抱，挤出非常多的离愁别绪的话。然后，我撑着下巴，异常痛苦地告诉夏秉秋和查丽丽，我的偏头疼又犯了，这是多年的旧病，每到阴雨连绵的时候，疼痛即如游丝……

会议已近尾声，四周到处可见拖着行李、互相挥手告别的面孔。有些面孔是熟悉的，在早餐桌上我们彼此颔首招呼；也有些面孔在当地的电视新闻和报纸上频频出现；阴差阳错，这几天我成了其中的一分子，如同云中漫步……但现在，他们将回到自己的生活里去，而我，则再次被孤独地甩到了一边。

查丽丽立刻表示了深切的理解和同情。夏秉秋沉默地帮助她把行李放进后备厢。

车子沉闷地叫了几声才发动。我站在针尖般的雨丝里，陷入一种全然无力的糟糕情绪当中。

那天夏秉秋是午夜以后返回的。第二天，他往我房间打了电话，约我共进早餐。在往一块稍稍烤焦的面包上涂黄油的时候，他低声地、仿佛理所当然地对我说："我觉得你很好，我们交往下去吧。"

我从柏林返程的那天，仍然下雨。夏秉秋早早赶来送我。

"学院的接送车今天没空……"夏秉秋拖着行李箱走在前面，回头淡淡地解释一句。

我们坐地铁辗转去机场。一路上我都在犹豫：要不要把真相告诉夏秉秋——我只是一个再普通不过的讲师助理，我并没有资格参加这次会议，并且以后也不会再有资格参加类似的会议。我和他是两个世界里的人，这样的交集以后不会再有，我只是身份尴尬的替代品……

说，还是不说？

夏秉秋会因此看不起我吗？他知道点什么吗？查丽丽有没有给过他暗示？如果说了，我会失去夏秉秋吗？我一路心慌意乱，还不时观察着夏秉秋的脸色。他好像也在想着什么，神色闪烁不定。

地铁换乘的时候，夏秉秋接了一个电话。我听到他嘴里几次蹦出“查丽丽”的名字。再后来，他便转身背向我，匆匆几句，结束了那次通话。

夏秉秋解释说，电话是他的那位朋友打来的。就是前几天一起在威廉皇帝纪念教堂广场喝咖啡的那个，“葛先生问候你，也让你转达问候给查丽丽呢！”

夏秉秋表现出来的漫不经心、轻描淡写突然让我一阵轻松。我开始反省。或许，那刚刚过去的柏林一周本来就只是我内心的镜像，如同风吹过树梢的回声。夏秉秋其实根本就没对查丽丽感兴趣。事情的整个经过，只是查丽丽和我同时喜欢上了陌生的夏秉秋。对于我们来说，他来自一个新鲜而较高的所在。与此同时，夏秉秋则以一个成熟男人的狡黠与修养，让我们迷惑于施普雷河的阵阵涛声之中。

最后，他选择了我。

我一阵冲动，想把事情的来龙去脉告诉夏秉秋。就在这时，地铁口出现了一个卖艺人，他靠墙站着，帽子放在地上，琴声悠扬。

我和夏秉秋都站住了。

那是一个打扮干净利落的卖艺人，拉琴的时候神情专注，一曲完毕，微微欠身，依然表情淡然。

夏秉秋先走了上去，朝帽子里放了一张纸币。

我犹豫了一下，也跟了上去。

我跟上去的时候突然决定了一件事情。我决定暂时不对夏秉秋多说什么。在我和夏秉秋的感情没有得到稳定发展的时候，这样做是非常危险的。很有可能我会因此失去夏秉秋，至少从此以后我会失去他的信任……而现在，我们一前一后，同时走向一个街头艺人，向他的帽子里优雅地扔下一张纸币，这样的时刻，我们是平等的。

我享受这种暂时的虽然也有着危险的平等。

二

从柏林回上海后的第一个星期，系主任打了三个电话给我。系主任的声音音域偏低，有一种慵懒的深深的厌倦。接完第三个电话后，我去了一个近郊的度假酒店。酒店临湖，湖心有小岛。系主任在卫生间漱口的时候，我把窗帘拉开一道缝——远处的岛上飘着淡淡的烟雾，一艘摩托艇乘风破浪，像利剑般向我驶来……

“能给我说说……在柏林遇到的有意思的事吗？”

我离开酒店的时候，系主任仍然躺在套间那张巨大的床上。我一度以为他已经睡着了。披上外套系上围巾以后，我还走到床前看了他一眼。在凌乱复杂的被单下面，系主任俯身趴着，像孩子一样紧紧抱住一只枕头。不知道为什么，他不说话甚至能保持长久沉默的时候，我觉得自己其实并没有那么讨厌他。那是一个疲惫的男人，就像湖心小岛上随处可见的疲惫的野鸭群一样。

查丽丽也来过一两个电话。因为时差的缘故，电话里她的声音总是慢个半拍一拍，如同一种不易察觉的阴谋。她讲到德国的天气正在迅速变冷，街上的人裹着厚厚的衣服和围巾，都只露出半张脸；她还讲到她住在一座临湖的学生宿舍里，每周会去湖边散一次步。

“天冷了，水鸟也很少见了。”

从始至终，查丽丽都没有提到夏秉秋。而我，则小心翼翼地向查丽丽转达了葛先生的问候。就是那位和我们一起喝过咖啡、总是显得满腹心事的中年人——

“哦，是这样啊。”查丽丽淡淡地说。

反倒是夏秉秋很少来电话。我和他基本保持着每天一封邮件的频率。夏秉秋的信热烈、有趣而又忧伤……但我很少听到他的声音，有一次我在飞速奔驰的地铁里接到他的电话，声音时断时续，忽高忽低。我在车厢里焦急地踱步，甚至大声叫了起来：“什么?！我听不到你的声音！我听不到你的声音！”所有的人向我侧目。还有一次，我在梦里又一次听到那句低声的、理所当然的——“我觉得你很好，我们交往下去吧。”……

诸如此类的情况再次让我陷入一种莫名的忧郁和烦躁之中。如果说在柏林，隔在我和夏秉秋之间的是查丽丽，那么现在，因为缺失他的声音，我忽然觉得，对于那个物化的可以触摸的夏秉秋，我变得完全没有把握起来。

在此期间，我跟着系主任出差几次。有一次，我们还去了东南亚旅游胜地参加一个小型会议。在出入海关、混杂在各种肤色的人群里时，在黄昏的沙滩上，听到一些比鸟语还要复杂的语言弥漫周围，那些古怪的大麻气味的香水……当机翼稍稍摇摆，如同一只忧伤而傲慢的大鸟庄严地冲入云霄，那样的时刻，我会突然浑身颤抖起来。与此同时，我觉得我所在的阶层也在慢慢上升……

且慢，这不正是我和查丽丽最初被夏秉秋所吸引的东西吗？但是现在，我闭上眼睛，再缓缓睁开来。

系主任正神秘地看着我。眼神里，一半是来自自身的深深的厌倦，另一半则是孩子抓住床边枕头似的迫切。

他的声音仍然是低沉的。

“你……喜欢这样的旅行吗？”

但是——夏秉秋到底在哪里呢？

大约在半年以后吧，有一天，我正在学校图书馆查阅一些资料。偶然抬头，一个和夏秉秋身形非常相似的影子在走廊里一晃而过。

我一愣，茫然中起身追寻而去。

真的是夏秉秋。但是，当他的声音和形体一起真实地出现在我面前时，我反倒有了一种极其不真实的感觉。

“你……怎么会……在这里？”

夏秉秋拖着一个巨大但略显陈旧的行李箱，风尘仆仆。走廊里人来人往，他们是我这个学校的专家、学者、教授、上司、同事、学生……他们中间，有认识我的，有不认识我的，还有一个则是系主任近年来的竞争对手和死敌。他们在我和夏秉秋的身边陆续走过，视而不见，或者狐疑地看着我们……

“你……怎么……回来了？”

我抬头困惑地望向夏秉秋，不知道为什么，我有一种奇怪的感觉：站在我面前的这个人，仿佛和我想象中的那个，有着相当多的不同似的。

那天吃晚饭的时候，夏秉秋断断续续地告诉我，这一次，他之所以暂时离开柏林自由大学，其实是为了完成一项比较特殊的议题，写一篇关于社会底层边缘人现状的研究论文。前一阶段，他已经基本完成了在柏林的田野调查，而在接下来的近一年时间里，他将要在我居住的这座城市继续进行这项研究。

“在这里？一年？”我有点惊讶于这个概念。

“是的，可能还会更长。”夏秉秋沉默地吃着盘子里的菜。

并且——夏秉秋继续告诉我，为了配合这样的研究，他要在这座城市里租住最简陋的房子，每天去附近的菜市场买菜，自己做饭洗衣服，还有，“尽可能地和乞丐、妓女以及酒吧小弟们交朋友。”

我不知道当时自己脸上呈现出了什么样的表情。我只是死死地不敢相信地盯着夏秉秋的眼睛——

“你是说，和乞丐、妓女以及酒吧小弟们交朋友？！”

“是的，走近他们，和他们交朋友。”夏秉秋回答得异常理所当然。

“为什么……有这个必要吗？”在我追问这个问题的时候，我脑子里飞速转过的是那些古怪的大麻气味的香水，如同一只忧伤而傲慢的大鸟般冲入云霄的巨大机翼，缓缓上升的生活……但是现在，夏秉秋却突然告诉我，在接下来近一年的时间里，他要在这个城市里租住最简陋的房子，过最为清贫的生活。他是疯了吗？

“为什么要这样？有这个必要吗？”我自言自语般地低声说道。在绝大多数时间里，我为系主任准备论文材料，那些纸张和书本上所描绘的东西，和他的生活从来就没有任何的交集。

“是的，有这个必要，一定需要这样。”

“好吧。”我的声音低下来，喃喃道：“那我……应该做些什么？”

“你应该和我在一起，接近这些人，过最简单的生活。”夏秉秋说得斩钉截铁，就像半年以前，他告诉我，他觉得我很好，我们应该交往下去的那个语调。

很快，夏秉秋在城区比较偏僻的一处地方租了房子。白天的时候，我上班工作，晚上或者休息天，则和他一起去各个地铁通道、医院入口或者一些闹市街区。这是一些奇奇怪怪的人聚集的地方。我们很快就认识了几个足疗店里的按摩女和后街巷子里的酒吧小弟。只要一有时间，夏秉秋就会去找他们聊天。他保留一些录音或者做一点笔记。有几次，我和他一起走进昏昏沉沉、光线幽暗的按摩室，房间里突然安静了下来。两个女按摩师在那里，一个非常年轻，另一个稍稍年长些。年长的那个略带疲惫然而非常专业地问我们：“足疗，还是全身？”

……

“她们不太说话啊。”走出按摩室后，我问夏秉秋道。

“今天……是的，今天她们说得少。”夏秉秋说。

“因为我是个女人吗?”我想了想，继续问道。

“可能是的……或许，还有其他的原因。”夏秉秋沉吟了一下。

后来我就很少陪夏秉秋去那里。但大部分时间我会帮助他整理一些聊天录音和笔记。录音里面出现不同的声音，还有笑声。有一次我还听到一个非常嘶哑的男声，那种感觉，就像是被什么东西紧紧掐住了喉咙……

“他是谁?”我按下了暂停键。

“一个动过喉癌手术的人。”夏秉秋凝神听了一下，告诉我说。

半个月后的一天，在巷尾的小酒吧里，夏秉秋指着一个临窗而坐、穿红黑格子 T 恤的矮个男人，低声和我耳语道:“这个人，就是你在录音里听到过的那个‘动过喉癌手术的人’。”

“他怎么还在喝酒?”我盯着矮个男人面前摆着的几个小酒杯。

“他每周都会来两三次，每次都喝酒。”夏秉秋说。

“他……不怕死吗?”我觉察出我的声音有一丝异样。

“他已经靠近过一次了，有的人会更怕，有的人就再也不怕了。”夏秉秋回答得异常平静。

那个晚上后来的时间过得缓慢而奇怪。我和夏秉秋把桌子椅子搬到室外。月亮出奇的庞大而圆润，笼罩在整个城市的上空。当我抬头死死盯着它的时候，它仿佛越变越大，渐渐压迫下来，如同一颗神秘的小行星正向地球飞速逼近。夏秉秋大部分时间都沉默着，我则思绪跳荡，回忆起柏林施普雷河边的那个晚上……

隔了玻璃窗，我看着那个穿红黑格子T恤的男人——突然觉得，夏秉秋给我和他自己虚拟的这样的生活，多少还是蛮有意味的。

在这个过程中，我和夏秉秋有过两次比较激烈的争执。

有一天下午，夏秉秋因事出门，让我去一家足疗店里取一盘录音带。一般来说，做那些录音或者笔记，夏秉秋大多会象征性地支付一些费用。比如说，给酒吧小弟买杯酒，或者，由我给那些按摩女们捎带一点花哨的小礼物。几次下来，我和那些女孩子就慢慢熟了起来，其中有几个空下来，还会和我半真不假地聊会儿天。那天我带了几双黛青色的进口天鹅绒丝袜过去。里面还真有一个小姑娘叫小黛的，于是大家嘻嘻哈哈地让我先给她一双。

我走到小黛的按摩床那儿，坐下去，把丝袜放在枕头旁边。这时床垫动了一下，掉下来一样东西。

我顺手一摸，是一包避孕套。

在我给夏秉秋整理录音的时候，听到过这样一段。里面的女孩子说有一些客人会约她出去，并且直接问她价钱。然后就是夏秉秋的声音，很专业的，然而也是引诱对方自然而然讲下去的，那你是去呢，还是不去呢？女孩子咯咯咯笑了起来，说有时候去，有时候不去……

那段录音延续了很长时间，夏秉秋没有直截了当地问更尖锐的问题，于是整个谈话最后变成了朋友般的轻松愉快的聊天。

这或许也是调查的一个部分。但是现在，当我摸到那包避孕套的时候，整件事情突然变得暧昧可疑了起来。

整整两天，我的脸都阴沉着。其间还无事生非地和夏秉秋吵了一架。他似乎有些莫名其妙，但也基本不明就里。到了第三天，我把那盘录音带又翻了出来，从头开始听，在快要结束的时候，出现了这样几句对话：

“这样挣来的钱……你怎么花的？”夏秉秋的声音像在叹息。

“我有个男朋友，酗酒……医生说他戒不掉的……”女孩子的声音就如同一件很重的东西掉在了地上。

“你这样挣钱，给他买酒？！——”虽然隔着时空的距离，我仍然可以想象当时夏秉秋那张有些变形的脸。

接下来，就没有声音了。

还有一次，晚饭以后我和夏秉秋四处闲逛。那天雨夹雪，天气阴冷。我们穿过几条陌生的巷子，继续前行。然后，在附近一处过街天桥上，我们兜兜转转，完全迷失了方向。

那个穿着整齐棉衣、背着双肩包的“乞丐”就是在那个时候出现的。

他迎面向我们走来。就像所有萍水相逢的路人，他的步履比别人稍稍匆忙又稍稍犹疑一点。我不由看了他一眼。

突然，他开口说话了。

“大姐，没有路费了，已经一天没有吃饭了。”

“什么？……”不知道为什么，我心里一惊。

“一天没有吃饭了，我……”他非常肯定地把话再次重复了一遍。

直到今天，我都无法解释这个“坚定”的“乞丐”给我带来的那种恐惧感。我本能地向前急走几步。果然，“乞丐”紧跟了上来。我再次加快脚步，我的直觉告诉我，如果我在这个空无一人的过街天桥上奔跑起来，他也一定会紧随着奔跑起来的。

他真的来到了我的面前。

“大姐，饿呀，给点饭钱吧。”

我顿了下，竖起耳朵……有一件非常有趣的事情发生了。我高高地竖起耳朵，聆听着，辨别着。

随着距离的贴近,“乞丐”的声音愈发清晰起来。

“让我买碗面吧，就在拐角那里，一碗面，十块钱。”

这时，夏秉秋从后面跟了上来。我拉住他的手，又是一阵急走。在已经甩开一段足够安全的距离以后，我又回头望了一眼。“乞丐”仍然站在那里，一只手微微向前伸着，嘴唇翕张，他的眼神——在我的回忆里，他的眼神里既充满了茫然和失望，同时又有一种欲望落空时的愤怒和绝望。

我仍然有一种感觉,“乞丐”会追上来，甚至还有一种可能，他会追上来，把我或者夏秉秋狠狠地揍上一顿。

“他——是——骗——子!”我非常肯定地、一字一顿地告诉夏秉秋说。

“什么？你在说什么？”夏秉秋瞪大了眼睛。

“这个人……是个骗子!”我冲着夏秉秋大声喊了起来。

令我万万没有料到的是，夏秉秋猛地甩开我的手。他生气了。我听到他呼呼喘气的声音，活像一只刚刚受了伤的幼兽。

“真的，他真的是骗子!”我连忙做着解释，仿佛不马上解释清楚，被认为骗子的将不是那个陌生人，而是我一样。

而就在这个时候，我突然想到了柏林自由大学的背景，想到了那个名流云集、用典丰富的国际会议……所以，在向夏秉秋解释的时候，我决定用一个典故。因为我觉得夏秉秋肯定会理解、欣赏并且最终接受这个典故的。

我的解释可以用舒缓从容的方式陈列如下，但当时，我一定有些语无伦次甚至颠三倒四。

我的解释是这样的：我对夏秉秋说，这个人一定不是乞丐。因为在人的身上，即便五官和肤色都可以改变，但有一样东西是改变不了的，那就是人的口音……这时，我举出了英国作家奥威尔的例子……其实我完全可以举一些其他的例子，但是，当时我是这样脱口而出的——我告诉夏秉秋，这是我硕士论文里的一小段。大致的意思是，奥威尔，这个一生都生活在矛盾中的人：伊顿毕业的无产者，反殖民主义的警察，中产阶级流浪汉，批评左派的左派……在这个人的一生里，最无奈最矛盾的一件事情是：奥威尔改不掉他的口音，英国“上层阶级的口音”。而真实的情况是，由于早年的创伤，奥威尔对上层阶级有着一种刻骨的仇恨和厌恶。他真心想做的是去爱他的同胞，但是他做不到，即便他只是想要和他们随便交谈也做不到，因为他的口音出卖了他——他出生于上层阶级的边缘，而且受到这一阶级的教育。这件事是如此根深蒂固地植入了他的血液，其最外在的表现就是：他改不掉他的口音。即便他一度去挑衅警察以便进监狱跟穷人一起过圣诞节，就连这样简单的事情他也做不到。因为警察立刻听出了他的口音，警察识破了他。

“你回自己的家吧。”警察冲着他挤了挤眼睛，颇为轻佻地吹了声口哨……然后微笑着对他说。

“而现在”——我迫不及待地继续向夏秉秋解释着。

而现在，同样的事情也发生在我的身上，我听出了一种有别于乞丐的口音，我认出了这个人，即便他因为某种原因，解释自己已经一天或者两天没有进食；即便他在寒湿的粘着泥土的街道上，狼狈而踉跄地追随着我们；“让我买碗面吧”，他大声地毫不羞耻地朝我嚷着；即使这一切匪夷所思地发生、进展，我仍然可以不假思索地进行判断。

“他不是乞丐！他是骗子！你要相信我！”

我听到了自己歇斯底里的声音。因为我全然无法理解，就在我竭力做出解释的时候，有一种越来越深沉的阴郁却在夏秉秋脸上荡漾了开来。仿佛他正在默默审视着什么，仿佛我悄悄触动了什么，就像点燃了一支看似悄无声息的蜡烛，有什么东西在空气里弥漫开来。夏秉秋开始远离我，我再也抓不到他，有一种可怕的、狰狞的表情在他脸孔的侧面……但愿只是由于天气和路灯刺眼的缘故。

后来，那天晚上，夏秉秋最终给出的理由相当简单而又固执——如果遇到一个乞丐，你马上联想到“他是不是真的乞丐”，这样是可耻的。他甚至从鼻孔里发出了一声细微但足以让人崩溃的“嗤”。

他这种莫名其妙的态度让我完全无法接受。

我们吵了起来。双方都毫不相让，气势汹汹。最后，夏秉秋突然抛出一句让我回味良久但仍然不知其所以然的话。

他停顿了一下，说：

“奥威尔？真奇怪……这时候你提奥威尔干什么？”

那天晚上，夏秉秋没有跟我回公寓。我不知道他去了哪里。

三

“乞丐”事件之后，有一段时间，我和夏秉秋的关系进入了一个非常微妙的阶段。为此，我特意安排了一次短途旅行，旖旎的景致，舒适的客栈，悠闲的假日时光……是啊，为什么要把时间和精力都放在那种虚拟的生活里呢？即便是为了那篇看似很有意义的研究论文，为什么要让我和夏秉秋的生活里充满了乞丐、妓女和酒吧小弟们的气息？充满了猜疑、臭味和越来越浓重的阴影？那个路遇的乞丐，他和我们有什么关系呢？即便他是骗子，或者即便他不是骗子……他都只是夏秉秋即将完成的那篇论文里的一个棋子，无论过去、现在还是将来，他和我们的生活都不会产生任何的交集……

忘了他吧。我在心里对自己说。

我们去了一次西南，在雪山脚下的一个小庭院里，我们喝着红酒，吃着烧烤的食物……月亮慢慢地升起来，雪山的顶部在远处闪闪发光，空气里散发着食物和花朵混杂的气味，一切，重新回复一个和谐而又平衡的状态。而就在这个时候，那个隐隐约约的疑虑又再次浮现上来。

要不要把真相告诉夏秉秋？关于那次会议，关于我真实的身份，我们是两个不同世界里的人……

我仍然选择了不说。至少是暂时不说。因为无论如何，如果我和盘托出，那种和谐与平衡又将会再次打破。我对自己说，或许可以再等一等，或许这件事情的本身已经变得不再那么重要。现在，当我们彼此相对，重新回到我们原来的生活状态的时候，沉默，将是最为珍贵与默契的礼物。

与此同时，我也稍稍留意到了一些细节。在那次旅行的时候，夏秉秋很少说话，仿佛也在想着什么心事。有一次，我突然抬头，发现他正凝视着我，眼睛里有什么东西一闪而过。

“这里很美吧？”我朝他微笑，站起来拥抱他。

“是的，很美，很好。”他也微笑，迎合着我的拥抱。

然而旅行归来，夏秉秋却变得愈发烦躁起来。

他迫不及待地回到他的论文里去，回到他虚拟出来的杂乱、拥挤和压力之中，他变得不修边幅、胡子拉碴、衣服好几天不洗……我去看他的时候，他埋首在一大堆资料与书籍当中，神情疲惫，眼圈通红。

"材料的准备快要完成了吧？"我小心翼翼地轻声问他。

他抬起头，像看一个陌生人一样地看着我。

事情并没有向好的方向发展，夏秉秋的态度反而让我越来越不能理解。我们甚至开始经常性地争执，仅仅因为一些微不足道的小事。

有一次，我和夏秉秋去一家小饭店吃晚饭。我无意中抱怨道，希望他的论文进度能够加快，至少，能够完成早期的田野调查，进入后一阶段的文本创作之中。

"说实话，我还是不太喜欢和他们打交道……你知道，那不是我的生活。"喝了几杯黄酒，我说出了自己的心里话。

那道阴影突然之间又回到了他的脸上，说话的声音也再次变得冷冰冰的："不喜欢和他们打交道……或许，他们也未必喜欢你。"

怎么会这样呢？夏秉秋提高了声音，颇为激动地说："你知道那天，那两个女按摩师为什么不太说话吗？……"

"按摩师？哪天？"我一脸迷茫地看着他。

"有一次，你和我一起去做访谈。"

"是的，那是为什么呢？"

"不仅仅因为你是女人，还因为她们并不信任你……"

"不信任我？为什么不信任我？"

"因为根本上，你们就是两个世界的人。"夏秉秋斩钉截铁、一板一眼地说。

两个世界的人？我和她们？那我和夏秉秋是怎么回事？那夏秉秋和她们又是怎么回事？无数个疑问在我头脑里起起落落，与此同时，这种莫名其妙的冲突和争执，就像时有时无的雾霾般笼罩在我和夏秉秋周围。这些小事，小到我一度错觉以为只是夏秉秋酒醉以后的失态，他对我的挑衅、判断甚至批判——因为一般来说，第二天他总是会非常温柔或者幽默地向我道歉，一旦我欲求追问，他又常常避而不谈。他流露出一种介乎于恬静与害羞之间的表情，让我相信恢复平静之后的他才是真实的。而隔天的一切完全都是假象。他只是害羞于无法控制住存在于自身内部的这种假象……他自己都被自己吓住了。仿佛有一个更为简单而本质的自我，在不经意中，他被那一个隐藏在深处的“夏秉秋”吓住了。

当他被酒精或者某种类似于酒精的东西控制住的时候，他的声音里有种戏剧化的东西。就像迎着暴风雨直扑过去的圣人或者疯子。当我提高嗓门，站在临街的风口，雪花狡黠地在我面前躲躲闪闪，我冲着他大叫——

“他不是乞丐！他是骗子！他只是个骗子！”

诸如此类的，而那时，夏秉秋的声音和气势已经完全盖住了我。他肯定还说了一些其他的话，他在风雪中表达着他的气愤，这种气愤是如此强烈与真切，以至于我顿时产生一种荒唐可笑的感觉。我做出试图为此妥协的努力。我说，好吧好吧，他可能真不是骗子，根本就不是骗子……可是，可是这真有那么重要吗？

那些在城市里到处可见的乞丐啊……于是，在接下来的那段时间里，逢到和夏秉秋出门散步，我就小心翼翼地择道而行。是的，我害怕再次遇到乞丐。当他们出其不意地来到面前，总是让人面临一种难以抉择的局面。心生犹疑，认为他们并非乞丐？冷漠并视而不见地走过去？无论如何，如果这样做了，心里是会不安的，万一——这真是一个错误的判断呢？但是，如果把每一个在面前晃过的乞丐都当成真的乞丐，心里仍然会感觉不适——那些狡黠的沉默的脸，他们到底说明了什么？

于是，我拉着夏秉秋，我们绕过繁华的闹市，那些可疑的面孔常常出现在那里；我们也绕过人群密集的住宅街区，以及过于荒凉的近郊树林……我们绕过一切可能偶遇“他们”的场合以及时间，我们胆战心惊，我们草木皆兵，那些几乎无处不在的幽灵，是他们让我们防不胜防，仿佛——我和夏秉秋的爱情并不足以抵挡那些幽灵的侵袭，我们害怕他们，我们躲避他们，我们——

到底在躲避什么呢？

在那个冬天快要结束的时候，夏秉秋突然回了一次柏林。

在一个乍暖还寒的早春下午，他匆匆忙忙地来学校阅览室找我，脸色比纸还要白。

“你怎么了？”在一棵快要凋谢的蜡梅树下，我问他。

“我要回一次柏林。”他的眼睛望向别处。

“回柏林？为什么？”就在两三天前，夏秉秋还非常详尽地和我提及论文里的一个细节，并说想要尽快地完善它。

“我的一位朋友……出事了，你见过他，就在柏林……”

我的回忆像断片一样，带着闪闪烁烁的残缺在眼前晃过。威廉皇帝纪念教堂前的广场，一只落单的鸽子正在发呆。隐隐约约的另一个形象——下巴浑圆、脸色微红的中年人，他好像有什么心事，也在发呆。咖啡的香味。教堂的顶部，一轮快要落下去的太阳不动声色地看着我们。

“他好像是叫葛先生？”

夏秉秋皱着眉头，仿佛我脱口而出的这几个字，突然变成针尖，狠狠地扎了他一下。

“他……怎么了？”我犹犹豫豫地问他。

“死了。”

不知为什么，夏秉秋的声音就像不期而至的一场冷雨，让我猛地哆嗦了起来。

夏秉秋这一去就是整整十天时间，其间有七八天我几乎完全联系不上他。在好几个深夜，我突然惊醒过来。每个细胞都萌发一种奇怪的感觉，我觉得夏秉秋不会再回来了。从今往后，他将从我的生活里彻底消失，就像他毫无预感地出现那样……这种感觉是如此的不可捉摸但又难以消解，我起床、穿衣，在房间里无助地踱步，然而空寂的黑暗里到处有他，还有那种怪异的我怎样都无法读解的眼神。

“我最好的朋友死了。”他的声音冷得像冰，软得像夜晚开放的棉花。

他的目光掠过我的头顶。他的脸上再次荡漾开那种越来越深沉的阴郁，像雾霾推开晴空，像那双无形的手再度介入到我和他之间。

天呐！那位神秘的葛先生，甚至曾经与我朝夕相处的夏秉秋，他们——到底是谁？

在那十来天无比漫长的时间里，有两件事情稍稍改变了我这种难以言说的心情。

首先是系主任。

自从和夏秉秋在一起后，我已经几次三番地回绝了与系主任共同出差的要求。那天中午，他突然给我打了一个电话。

“很忙？”电话里，他的声音短促而又跳跃，像从慵懒的湖水里偶尔冒出来的一朵浪花。

“嗯。”

“你打开窗，看看外面的天……”那种慵懒而厌倦的声音又回来了。我隐约觉得他可能正抱着一只枕头，或者，另一个什么女人。

我走到窗边。

“看到什么了吗？”

“没有。”窗外是一小片天，什么也没有，空空荡荡。

“总能看到鸟吧，随便什么鸟……”

我还是什么都没有看到。什么也没有，空空荡荡。

但系主任的电话在此时突然终结，他哈哈大笑一声，断然道：“你以为你是什么东西！你以为你是什么东西！告诉你——就一婊子！”挂断得干脆利落。

我愣在那儿，过了好久，一阵爆笑从我的胸膛里倾泻出来。系主任的声音是如此陌生而滑稽，我笑得眼泪都快流出来了。

那天下午，突然一阵解脱似的，我莫名其妙地很是高兴了一会儿。

还有一位不速之客，是查丽丽。

开始的时候，我几乎没有听出她的声音。或许因为她回到了我的城市，那个由于时差总是慢了半拍的声音变得触手可及，或许还有其他什么，总而言之，她的声音有种微妙的变化，一下子让我无法与施普雷河边那个阴湿绵延的雨夜联系在一起。有什么晃动的东西被牢牢钉住了。

不知为什么，这个熟悉而又陌生的声音，激发了我的好奇心，同时又令我有些不安起来。

查丽丽条理清晰地聊了聊自己的情况：修完了 MBA，辗转几个地方，最后还是在柏林安顿了下来……听上去，查丽丽明显比以前更会说话了。她现在仿佛具有了一种能力，可以把自己想表达的东西用真正的语言表达出来，而不再使用声调丰富的感叹词和更为女性化的尖叫。她的温度也降了下来。我的意思是说，因为思忖她声音里的这一变化，有那么好几次，我没有及时回应她的对话。她淡淡地等待着……而以前她是如此敏感，一只小野猫哀伤的眼神都能让她写下一行诗句。

“这几年都好吗？”她打断话题，另起一行。

“好……”我正犹豫着要不要把夏秉秋的事情告诉她——

就在这时，她加快了说话的节奏。

“对了，有个人你还记得吗？”她的声音里带着小小的钩子，仿佛有个纤细的身体正向我探下身来。

“谁？”

“还记得那次在柏林吗……”她的声音开始变轻。

我的心忽然一阵乱跳。

“那次在柏林的时候，有个下午，我们一起在威廉皇帝纪念教堂前的广场喝咖啡……”

“……”

"那天我们是四个人，你，我，你的那位朋友夏先生，另外还有一位胖胖的中年人。"

"你说的是——葛先生?"我心里一惊。

我们两人同时停了下来。一片寂静。

查丽丽向我讲述了一个不太具有逻辑关系的故事。就在我离开柏林不久，葛先生突然找到了查丽丽住的地方。那是一个万物凋零衰败的季节，几乎每个周末的傍晚时分，葛先生都会在她经常散步的湖边等待……他裹着厚厚的衣服和围巾，只有两只眼睛露在外面……

"他……爱上……你了?"我犹犹豫豫地问道。

"我想是这样。"查丽丽的声音相当冷静。

"那后来呢?"

"后来我们交往了一阵，然而，我最终发现他其实只是个骗子。"

"骗子?"我皱起了眉头。

"是的，骗子。穷困潦倒，靠政府失业金生活。"

"但是——"我忍不住打断了她:"但是这也不能说明他是骗子啊!"

"原先我以为，他起码应该是……"查丽丽尽力校正着说话的语气和节奏,"我以为他起码是个中产阶级。"

"但是不管怎样，他也并没有骗你。"我突然有些生气。

"他是个穷人——一个穷人，难道这和骗子有什么区别吗？”查丽丽回答得迟疑而又果断，以至于，在她的声音里，我分明可以看到一张因为诧异、困惑而显得有些变形的脸，而且，这张脸还在继续说着话：“算了，这件事情倒也没什么，反正已经过去很久了——我只是想说，那时候我们真是单纯啊，现在终于长大了。”她扬眉吐气般地长叹一声。

“可是，他死了。就在上个礼拜。”我冷冷地说。

那天后来我又和查丽丽聊了很久。不过人类的情感真是最为奇怪的东西，从最初的惊讶和叹息，查丽丽很快就过渡了。震惊的余波渐渐消逝之后，在于她，这个悲伤的结局甚至成了一种证据——是啊，对于一个骗子来说，除了走向灭亡，还有什么更加自然有力的可能呢？

至于我，情况要愈发复杂些。葛先生，他到底是谁？一个穷人（这是显而易见的），夏秉秋心目中“最好的朋友”、一个“你永远都不会知道，他是怎样的一个好人”的人，以及查丽丽嘴里“潦倒不堪，靠骗政府失业金生活的骗子”……他们无疑是一个人，但他们，真的是一个人吗？

还有一个更为自私并且略显阴暗的理由。其实，我并没有真的那么介意夏秉秋的那位朋友，我甚至也并没有那么介意查丽丽。仅仅以一个偷窥者的角度，整个对话过程，我都沉浸在窥探、震惊、同情以及窃喜的复杂情绪里。最终自私的感受完全占了上风：我如释重负。几年前的那场风流韵事最终沦为捕风捉影。以柏林的那个下午作为起点，就像当年我和查丽丽去高级商厦闲逛购物，我们争先恐后地奔向那种东西，围住那种东西……而现在，是我，最终收获了夏秉秋。

是的，我和查丽丽当时共同的猎物，夏秉秋，他现在在哪里？

四

当我再次在机场接机口见到夏秉秋时，他的脸上重又显现出温柔、恬静以及害羞的表情。他远远地向我微笑，像是刚刚穿过暴风雨的中心，再度归来。

夏秉秋轻轻地拥抱我。我们走出通道和人群，上车。他一直沉默着，甚至没有提及任何关于葬礼的事情。我注意到他的手里抓着一本书，书皮陈旧，还略有点卷页，是凡尔纳的《海底两万里》。

不管怎样，我的夏秉秋终于回来了。我把一条毛毯盖上他的膝盖，长长地舒了口气。车窗外，是飞速变动的街景和行人，是此起彼伏的真真假假的声音。我突然记起，有一次，我和夏秉秋在柏林街头散步。前面的路段被封锁了，远远能听到人群的骚动，抗议的人们愤怒地砸玻璃、叫喊、跺脚，警笛则刺耳得让我失去了对所有声音的判断。哪里都不太平。而现在，我的夏秉秋回来了，我得胜的猎物，我的爱人……这些都不重要，只有我身边的这个人是真实的。我紧紧地、紧紧地抓住他的手，他的胳膊，他的衣角，我紧紧地试图抓住我能抓住的一切，仿佛，以这样的姿势，我才能稍稍感到一点安宁。

在接下来的一段时间里，夏秉秋继续着他的田野调查。他变得愈发沉默寡言，整天埋首在出租屋里整理资料，而所剩不多的一些录音和笔记，则大多由我穿梭在出租屋和按摩室、偏僻的小酒吧或者车站候车室的角落里得以完成。一切重又变得有序而安宁，仿佛一种新的秩序正在慢慢生成。有一次，我从学校阅览室走出来，暴雨初止，万物清新，几只小鸟在枝头跳跃，发出一种几乎让我想哭的、亮得透明的声音。我在栏杆处站住，平整呼吸。至少，有一件事情还是让我感到欣慰的：不管世事怎样无常，我和夏秉秋的爱情正在渐渐接近开花结果。在每次争吵的间歇中，在暴风雨和宁静的交替中，我觉得自己开始慢慢走近夏秉秋的内心世界；与此同时，我自身也在悄悄地发生着改变。在夏秉秋的影响下，我的眼睛和耳朵开始向不同的方向张望和倾听。

就在从学校阅览室到夏秉秋出租屋的途中，和几年前相比，我惊讶地发现，现在，我可以听见不同的声音，看见更多的事物。一个醉汉在街边幸福的呕吐声；一个公司高级职员走在下班的路上，他的脚步里有死神的声音；一个妓女心里唱着真正属于爱情的歌；突然，有两个年轻女子向我走来，走路的样子、说话的声音都像极了几年前的查丽丽和我。我心生好奇，慢慢跟进。天呐！她们谈论的事情是那样貌似小资、实则平庸！她们的伤感是如此浅薄，她们的忧郁是那么可笑！爱情？她们懂得爱情吗！爱情，就是爱情的罗曼史?！……

我慌不择路地离开她们，逃将出来，心中万分地羞愧。

幸好，夏秉秋在前方遥遥地指引我。幸好，我们彼此相遇，我将紧紧地依偎着他，抓紧他，而与此同时，他也将引领我……并且，我深信，我们将会幸福。

春天真的来了。我感到一种脱胎换骨般的欣喜。浓浓春天的黄昏时节，空气里有一种让人不得不眷恋的尘世的气味。我仰起头，陶醉与贪婪地呼吸着。

就在这样一个春天的夜晚，我们去了最常去的一家酒吧。

唯一的不同是，这次我们不是采访者，我们是最平常的客人。夏秉秋的田野调查已经正式接近尾声，我们马上要回复正常的生活秩序……那种久违的气味和声音……那天我从衣柜里翻出久已闲置的小礼服，化了淡妆。我给自己喷了点古怪的大麻气味的香水，那是有一次和系主任出差时，在机场免税店买的。

一个新来的小伙子接待了我们。他穿一身黑色衣服，干瘦，但极有精神，眼睛烁烁有光。

他显然不认识作为常客的我们……他的声音坚决而清脆，这让我稍稍犹豫了一下，在这个声音里，有什么东西与众不同……我说不上来具体是什么，是什么呢？

但很快，这个一闪而过的念头轻轻滑过去了。我和夏秉秋找了个临窗的位置，窗外是长长的河堤，空气闷热而湿润，仿佛潮潮的能拧出水来。我不由回想起几年前施普雷河边的那家小酒馆，那个雨夜，还有莫名其妙的关于王道士的传说。生活是多么奇妙啊！

那真是一个甜蜜的、春风荡漾的夜晚。可不，过了一会儿，河边竟然也起了轻雾。春风沉醉的夜晚，一小片乌云停在天边，树叶沙沙作响，到处是啤酒杯叮叮当当的碰撞声。我沉浸在内心的喜悦之中，心想：如果能够模拟出施普雷河边的轻浪，那么，时空几乎就是在这里完美地重叠了。

那晚我和夏秉秋都喝了不少酒。夏秉秋默不作声。而神秘的微笑和快乐则始终洋溢在我脸上。后来，我拿起手机，开始记录这个美妙的夏夜。

我拍下那条沉默的河堤，和天边那片雨云构成的不同图案。

两个夜归的路人从窗前走过，稍作停顿，他们朝里面张望了一下，很快走开了。就连这样的小事也仿佛告诉了我生活的真谛。我拍下他们的背影，庆幸自己终于不仅仅是一个浅尝辄止的过客，我打开了一扇窗，自然有理由会看到更多。

就在这时，沉默已久的夏秉秋推了推我的手臂。

他指指河堤边、树影下的一张长凳。隐隐约约的，上面躺着一个人，手臂直直地垂落下来。

就这样看上去，那是一个疲劳的人，可能就是这家酒吧的服务生，工作了整整一天，现在，找了个空隙，偷偷溜出去打个盹。

我拍下了那个长凳上的黑影，以及那条直直垂落下来的疲劳的手臂。

他是一个劳动者，一个穷人，一个出现在我相机下的令我感动的符号。

过了会儿，情况有了小小的变化。一位穿 T 恤的女孩子出现在长凳附近。她在接电话，背对着长凳上的人影——或许，她根本就没有注意到那个人影。那条疲劳的手臂在她身后直直地垂落下来……她看上去也像邻近什么地方的打工者，从我的镜头那里望过去，仿佛，躺在长凳上的那个正梦见她。但很显然，她的梦想不会是他……

我隐约听到些声音，好像夏秉秋又要了一杯啤酒。而我，正忙着拍照，我记得自己含含糊糊地向那个穿黑衣服的服务生做了个手势。我觉得自己已经有点喝多了，我确实已经喝多了，镜头里的人物和事件有了虚晃一枪的质感。但至少那时我还是清醒的，我必须在夏秉秋喝多以前保持我的清醒——这已经是我一向以来的习惯——我不记得到底做了一个什么样的手势，但内心的本能告诉我，当时，我应该是说了“不”的，我拒绝了再要一杯的可能性。

我把杯中剩下的酒一饮而尽，带着酒醺欣赏着今晚的组照：底层的劳动者和穷人，他们的生活与梦想。我已经看到他们了，非但看到了他们，而且把他们永远地留在了我的相册里。我要和夏秉秋一样，做一个永远站在鸡蛋那边的人。

而接下来的事情就是在这个时候突然发生的。那个黑衣小伙，端着两大杯啤酒，拖着疲惫的步伐，坚定地向我们走来。

“你们的酒。”他说。

我愣了一下，迟疑地说：“我……没要酒。”

“你要了，他一杯，你一杯。”小伙子再次重复着他清脆而坚决的声音。

我再次愣了一下。旁边已经有两个客人回头望着我们。小伙子是新来的，他不认识我。我突然一个激灵，想起他声音里那种与众不同的东西，那种东西意味着什么呢？固执。我遇到了一个固执的人，他有可能让我丢脸。现在，我有两种解决方式：一是妥协，承认那杯我若隐若现中感觉到从没要过的酒；另一种则是坚持，我确实没有要过那杯酒，这样的坚持或许能够保留我的尊严，或许仍然是丢脸。如果，小伙子的声音可以轻一点，保留在只有我和他、即便还有夏秉秋三个人可以听见的范围里……如果是那样，我想我会选择妥协的。但是，但是——我突然生起气来，一个新来的毛头小伙子，他凭什么和我——一个店里的常客、一个有身份的人（我下意识地拢了拢头发、扯了下小礼服的衣角）、一个或许根本就没做错什么的人较起劲来?!

他，凭什么?

我决定坚持。

“我没有要这杯酒。”我换了一种非常严肃的口气，并且稍稍提高了嗓门。

“你要了。”他说得肯定、简洁。

“我没要，我告诉你，你帮我把酒退掉。”

“我不能退掉酒。”

“你必须退掉。”在严肃的同时，我的声音已经在渐渐拔高。更多的人回头看着我们，看着一个衣着时髦、喷着高级香水的女人，正为了一杯几十块钱的啤酒，在和年轻的酒保吵得不亦乐乎。这本身就是一件无聊至极的事情。奇怪的是，夏秉秋一直沉默着，虽然我多么希望他能帮我，至少作为我的一个证人。

但是，他没有。

我只能继续坚持。

“叫你们老板来。”我把那杯啤酒向外推了推，它危险地倾斜了下，泼出几滴酒来。

“他回家了。”小伙子仍然保持着冷静。

我内心有什么东西失去了控制，突然大叫一声：“你给我退掉！”

他像被什么东西突然重重击打了一下，声音低了下来，喃喃地说：“退了我得赔……我赔不起。”

我忘了那天的事情究竟是怎么收场的，我气得浑身颤抖，拔腿就走。我猜想夏秉秋后来付掉了那杯酒钱，我以为他会很快追上来，抚慰我几声，起码让我忘掉这件倒霉的事情……但是，没有。

我在沉默的河堤那里站了很久，尴尬和愤怒让我浑身冒出汗来。天边的那片雨云已经飘走了，雾气散掉，万物恢复了他们原来的样貌。

在桥边，我整整等了半个小时——可能更久，也可能只是很短一段时间。终于，夏秉秋慢慢地走过来了。

“你为什么一句话都不说！为什么！你明明知道我没有错！你明明知道的！”像疯子一样，我高声叫了起来。我好像还随手捡起一块小石子，朝着夏秉秋的方向，或者只是平静乏味的河面上扔了过去。

“你是错的。”夏秉秋的声音出奇的平静，但同时也像他的脸色一般阴沉。

“我没有错！错的是他！”愤怒，以及一种莫名其妙的东西控制了我，我已经不是为了这件事本身而愤怒……但是，我究竟又是为了什么？

那种拒我于千里之外的表情再次出现在他的脸上。这一次，就像夜色那么黑、那么浓。

“你能分辨人的口音？……你真能分辨人的口音？”夏秉秋的声音很轻，仿佛自言自语，但仍然掷地有声。

我突然被吓住了。因为这一次，有什么东西是完全不一样的。夏秉秋没有和我吵架，他好像再也不愿意和我吵架了。他变得理智、克制，同时冷酷。我打了个冷战，直觉告诉我，有什么不一样的事情要发生了。

“难道——难道你一直没有分辨出我的声音吗？”夏秉秋在一张石凳上坐了下来，他的声音是往下沉的。我怎么也打捞不起来。

“我是个穷人……我一直就是个穷人。我根本就不是什么柏林自由大学的教授，我真实的身份，只是当时被雇用的一个临时助理，以及我那位可怜的朋友‘葛先生’的合伙人——我们开一家小公司，仅够糊口的。而就在不久以前，我们彻底破产了……我一直就觉得奇怪，你和你那位矫揉造作的朋友，怎么从来就听不出我的口音呢，穷人的口音？”夏秉秋说得激昂而冲动，仿佛为所说的事情感到骄傲似的。

我像尸体一样僵在那里。他的声音像刀，割破了我的骄傲、我的一切，也同时让我和他的爱情流出了鲜血。

他还在接着往下说："我来找你，是希望通过时间让你改变。那些田野调查，你一直以为是我虚拟的生活，但它们其实最接近我真实的生活……我一度以为我成功了，改变了你，可是今天晚上……"

"你走吧。"他说。

我在河堤上慢慢走远的时候，脑子里一片空白。天呐！我和夏秉秋本来就是同一世界的人，两个身份尴尬的替代品……可是……我仍然带着一丝侥幸。或许，像以前的很多次一样，我和夏秉秋还会再次和好。我们还会小心翼翼地拥抱、亲吻，不敢正视对方的眼睛，重新成为两个刚刚穿过风暴眼的幸存者。像以前的很多次一样，我们会再度成为恋人，只是那份冰凉之感还在什么地方存在着，像一根藏在皮肤底下的针，大部分时候是平静的。还有些时候，我能听到一种声音，如同冰山在春阳的照耀下，徐徐地缓解、消融，有一些细微的不经意的咔咔声，清脆而又温柔。

在我的回忆里，最好的时候，我和夏秉秋会一起竖起耳朵，静静地心怀畏惧地聆听这种声音。

但这一次，有什么地方真的不一样了。因为，或许，从开始到现在，夏秉秋一直都是，从来都没有停止过对我的怀疑、反感，或者说，那种更深更为微妙的骨子里的憎恨。

让我惊奇的是，这种东西，竟然与爱情也没有关联。它存在于爱情，这种雾气腾腾的物质的外面……

我不敢深想下去。在内心的寒意最终上升，并令我彻底绝望之前，我拼尽最后的气力，在空无一人的河堤上狂奔起来。